Sırra Kalem

Gökçen Erdoğan

trend
yayınevi

TREND YAYINEVİ

Sırra Kalem

Gökçen Erdoğan

Yayın No: 026

Yayın Koordinatörü

Emre Karataş

Editör

Tolga Bleda Öz

Sibel Bayındır Alanoğlu

Sayfa Tasarımı

Burak Arslan

Kapak Tasarımı

Leyla Çelik

ISBN: 978-9944-342-43-8

Nisan, 2015, Ankara

Baskı

Grupçağ Webofset Matbaacılık

İvedik O.S.B 1368 Cd. 1532 Sk. Ada Plaza
No: 67-69, İvedik - Yenimahalle/ANKARA
Tel: 0312 394 3539
Sertifika No: 28534

Trend Yayınevi

Sertifika No: 15675

Bayındır 2 Sokak 49/6 Kızılay / ANKARA

Tel: (312) 419 00 15 . Faks: (312) 419 06 42

www.trendyayinevi.com
facebook.com / trendyayinevi

twitter.com / trendyayinevi

Sırra Kalem

Gökçen Erdoğan

İçindekiler

"Gizli Kapaklar Şeyler" sizinle ilk buluşmamdı. Sizi, size anlatmıştım, kimselere bahsetmediğiniz sizi. Bana yüreklice açtığınız, anlattığınız, çoğalmamı ve büyümemi sağlayan sizi. Başkalarına da anlatmıştım. Olur ya, siz kendinizi başkalarına açmaktan imtina edersiniz diye ben içimdeki sizi taşımıştım o satırlara. Sizin gibi olanlar hem kendilerini hem de sizi anlasınlar istemiştim, türlü türlü olmamızdan utanmayalım ve yargılamayalım diye birbirimizi. Zenginliğin, çokluğumuzda olduğunu vurgulamak istemiştim kendimce. Sanırım bir parça başardım.

Okudunuz ve düşündüklerinizi paylaştınız benimle. Yalnızlığınıza son verdiğinizi müjdelediniz, tanımadığınız insanları sevdiğinizi söylediniz ve ben bile şaşırdım ama arkadaş oldunuz onlarla. Büyük yürekliydiniz.

Bugün başka bir macerayla elinizde duruyorum. Yine insanla duruyorum. Çokluğumuzla... Azalıp bitmeyelim ve evrende yitip gitmeyelim diye. Elinizden kalbinize değme isteğim baki ama bugün başka bir şey daha var dilediğim. Ben bu kitapla; size mektuplar yazdırmak istedim. Kendinize mektuplar yazın istedim.

Postacının kapımızı çaldığı ve damgalı pullarla anılar, selamlar, haberler getirdiği günlere duyduğum özlemle size sizden mektuplar getirdim. Sizde olup biteni size anlatın istedim. Ben başladım, siz sürdürün istedim.

Binlerce insan tanıdım ve binlerce yaşam. Öyküleri gözümü doldurdu, içimi ısıttı, kanımı dondurdu, türlü duygu iç içe ama bana hep insanı anlattı. Her biçimde insan kabul ettiğim insanı.

Ne kadar anlattılarsa ya da ne kadarıyla kaldılarsa hafızamda, unutmasınlar diye onlara anlattım. Kendilerine yazmadıkları mektupları yazdım onlara. Ben dedim; sesiniz olacağım, yüksek sesle okuyun hatıralarınızı. Acılarınızı evladınız belleyin, sevinçlerinizi, kaygılarınızı, çıkardığınız dersleri, kırgınlıklarınızı ve hatta vedalarınızı. Siz bana anlattınız onları, bense yazıya döküp size. Söz uçtuğunda yazı kalsın diye, yazı yazgının da bir parçası olsun diye.

Sizin bakış açınız olduğu gibi kaldı, sizin hisleriniz değişmedi bana değince, sizin arzularınız, sitemleriniz, suskunluklarınız... Hepsi aynı kaldı. Ama giyindiler benim dilimde. Çıplak kalmasın diye kalpleriniz ısınsın istedim sözcüklerimle. Size sizden mektuplar yazdım "yazsaydı böyle yazardı" dedim ve "unutmak isterse böyle unutur."

Vermedim adınızı, tarif etmedim saçlarınızı, ten renginizden söz etmedim ve işaret etmedim şehirlerinizi. Sizi isimsiz, kimliksiz ve sahipsiz ortaya bıraktım sahibi olan sahibi olduğunu alsın diye. Kendini bulamayan kendine yazsın diye. Satırlara dökülmeyen sözcükleriniz boşlukta kaybolmasın diye. Boşluk daha büyük bir boşluk olan içinizde kaybolmasın diye. Onlarca "diye" buldum ve hemen hepsi için yazdım neredeyse.

Aşkı tanımladım çaresizce, nasihatler verdim haddim olmayarak, parmağımı salladım uyarmak için sizi ve içimi döktüm size. Benim içim, önce kendi hayatım sonra biriktirdiklerim. Biriktirdiklerimi döktüm size. Kendimi hafiflettim. Çokluğunuzu sevdim yine beni geliştiren, dönüştüren çokluğunuzu sevdim. Bakış açımın hesaplanamaz bir hâl almasını, geometride ve hayatın matematiğinde çözüm yolumun daima puan almasını kutladım sizinle!

İyi ki yaşadınız! İyi ki yaşadıklarınızla çoğaldınız! Çoğalttınız beni iyi ki! İyi ki bana, çocuklarımı yetiştirmek için yeni bir yol açtınız. İnsanı eksiğiyle, zaafıyla, fazlasıyla sevmeyi değerli kıldınız. Siz dediklerimin onlar olduğunu, onların da hep siz gibi durduğunu ben bildim ve bilin istediğim için beni hep amaçlı kıldınız. Boşluklarım doldu sizinle.

Bu mektuplar size… Sizden size… Gizden gize…

Bu ikinci yolculuğumda da yoluma tıpkı ilk yolculuğumdaki gibi ilgiyle, heyecanla, inançla, sevgiyle ve anlayışla ışık tutan, beni insan olmanın gerekleriyle doyuran, besleyen, büyüten, bana insanları oldukları gibi sevmeyi öğütleyen ve böylece bu kitabın yolunu açan **"canım aileme"**,

"olmasaydı eksik kalırdım" dedirten, şansımın diğer adı **Derin' im** ve **Kuzey' imin** babaları **Ufuk Erdoğan'a,**

Yücer' in yanına **Erdoğan** eklemek adettendi de sevgileri ve destekleriyle aile olmayı içime sindirdikleri için **Ufuk'** un anne ve babasına, **"anneme ve babama"**,

bir kere daha ve akıl gönül birliğimiz sürdükçe, dilerim daima, "Yazı Meleğim" **Sibel Bayındır'a**,

mesleğim ve hayatımın her saniyesinde benimle düşünen, koşturan, nefes alan Ebem **Safiş'ime** ve onun nezdinde muhteşem **DİVA KLİNİK** ekibime,

yadırgamamayı, yargılamamayı, anlamayı ve anlatmayı mümkün kılan, yaşanmışlıklarıyla bana eşsiz öyküler ve sırlar veren, bu kitabın her satırında kokularını duyacağınız o isimsiz insanlara, **"GİZ"** lere...

Hayatımı iyilik ve güzellikle kolaylaştıran, NEFES almamı sağlayan tüm sevdiklerime...

Beni sevgisiyle ve zorluğuyla yoğuran herkese...

Dünümden çıkardığım derse, yarınıma bırakacağım mirasa, bugünüme duyduğum minnete...

Çokluğumuzla çekilir kıldığımız dünyaya...

Sonsuz teşekkürlerimle...

Yine görüşeceğiz.

Beyaz

"Renklilerle yıkanan beyazlar gibiyim."

Renklilerle yıkanan beyazlar gibiyim. Beyaz da bir renkti ve ben rengimi kaybettim. Özlediğim rengimi... Beyazımı kaybettim.

Kilom elli ikiydi, boyumsa çilemden kısa. Doktor olacaktım ben. Bitmediği için şikayet ettiğim bir okulum ve nihayetinde dinleyebildiğim binlerce kalp olacaktı. Sayıların arasında kaybolacaktım ve gözümün önünde formüller uçuşacaktı. Hayatımı üç saatlik bir sınavla teslim edecektim yarınıma. Yarınım olacaktı benim. Bir akıl hastanesinin koğuşunda vizitte olabilirdim belki, yatağında değil. Benim yarınım başka olacaktı. Bu değil.

Test kitaplarım yanı başımda ve yarım kalmış kahvem, uykuya daha fazla direnemedim. Çoktan seçemediğim insanlarla aynı çatı altında ve aşamadığım yazgımın eşiğindeydim o gece uykumda. Annemin daima temiz olmasını öğütlediği bacaklarım, sıcak bir temasla sarstı uykumu, debelendim şuursuzca. Gözlerim ağır ağır aralandı sonra. Üstümde bir karabasan, ne olduğunu seçemediğim bir koyu gölge. İtmeye çalıştığımı anımsıyorum ama kollarımda takat yok. Sanki dirseğimden kırılıverecek ve bir daha kendim de dahil hiçbir ağırlığı taşıyamayacak hakkınca.

Çığlık atamadım, sesim dudaklarıma kadar gelip yeniden indi göğsüme. Tütün kokan elleri mi rakı kokan boynu mu daha fazla tiksindirdi bilmiyorum hâlâ. Yavaş yavaş yerleşmeye çalışıyordu üstüme. Yavaş yavaş mıydı yoksa bana mı bitmek bilmeyen bir zaman dilimi gibi geliyordu acaba? Bacaklarımda kıllı baldırları ve eli bedenlerimiz arasında arayışta. Orama değer değmez kirli eli, derin bir iç çekti ve içime o an ölümsüz bir yılan çöreklendi. Midemdeki kramp kaç aydır benimle, evlat edindim sanki.

İğfal dedikleri tıbbi bir terim gibi geliyor bana, hukuki ya da. Duygusu eksik tarifi yarım. Hissi sıfır. O pis kokulu bedeniyle benim masal ülkemi işgal etti. Benim sevilmeye değer bulduğum ve gurbetinde yaşamaya mahkûm edildiğim ülkemi. Bunun tıpta da hukukta da karşılığı yok ki! Kendimden iğreniyorum.

Üstümde ileri geri gidişini anımsıyorum, oramdaki büyük yangını, yırtılır gibi açılışını dudaklarının ve kanın bacaklarıma süzülen sıcaklığını. Geceliğimin içinden çekip çıkardığı memem ağzında, azgın bir hayvan gibi fışkıran teri, en güzel hatıralarımın yerini aldı, o ağırlığıyla kahreden teni... O gece, benim masal ülkem işgal edildi.

Uzaklarda bıraktığım annem, bilse ıhlamur kaynatır mıydı bana yine sabahlarken üşümeyeyim diye ya da babam nar ayıklar mıydı bana kafam kitabımdayken? Peki ya ablam, aynı karından çıktık diye aynı adamın altına yatmamızı sakıncasız bulabilir miydi? Ben istememiştim, o istemiş miydi, bilse yine ister miydi? Susacaktım. Tıpkı emredildiği gibi.

Suskunluğum aylar sürdü. Önümden, arkamdan, ağzımdan ve ellerimden geçti erkekliğinin eseri. İçimi kaldıran spermleri mideme kadar indi. Her yerimde türlü morluk, göz altlarımda en çok, uykularım beni terk etti. Cebimde parası, kalbimde yarası... Beyazım beni terk etti.

Çocuk yaşım, sabır taşım, dertsiz başım beni terk etti.

Bir bıçak sapladım göğsüne. Çıksın istedim canı. Amacımı öldüren, kimsemi yaşatmayan, günümü güneşle başlatmayan onu yok etmek istedim. Çıksın diye foyası ortaya ama ondan da önce çıksın diye pis kalbi, yuvasından. Ölsün istedim. Ben öldüysem o da ölsün. Üç saatlik sınavımdan bir gece önce, üç dakikalık bir sınav verdim.

Kötüler çok yaşarmış, ölmedi. Dört duvardayım, yüzüm daha da gülmedi. Annemin dizi, babamın omzu, ablamın düşü uzak. Yeğenlerimin süt kokusu. Sevdiklerim uzak şimdi. Dilime dolanan dualar kadar uzak. Beyaz, bu öksüz duvarlarda şimdi, bu yalnız duvarlarda. Bu beyaz, benim değil ki...

Karımı Bir Gün Bile Sevmedim

Ben, ticaret yapıyorum.
Ederinin altında satışa çıkanları alıyor
Ve etrafa pahalıymış gibi satıyorum.
Kâr ediyorum ruhumda.

Karımı bir gün bile sevmedim. Param olmasaydı kendisiyle birlikte yapabileceğim tek şeyin tesadüfen aynı kaldırımda yürümek olduğunu çok iyi biliyorum, hep de bildim. Sonradan görmelere özgü aşırılıkları ve çıkarları doğrultusunda kurduğu ilişkilere küçük beyniyle duyduğu saygı, beni hep güldürdü. Eksik bir insan, olmamış bir insan o ama buna rağmen kendini tamamlanmış ve hatta artmış sayması beni bir parça eğlendirdi daima. Onunlayım, uzunca bir süre daha onunla olmayı planlıyorum çünkü böylesi insanlara sahip olmak, kendimi güçlü hissettiriyor bana. Verip yenisini alabileceğin insanların, kendilerini eşsiz sanmalarından büyük bir şamata yok.

Yarı yaşımda genç bir kadın her hafta bir asgari ücrete yaptırdığı cilt bakımını bana karşı silah olarak kullanabildiğine inanıyor. Güzelliğiyle başımın döndüğünü, şişirilmiş dudaklarının kenarında biriken rujun beni etkilediğini ve silikonlu memelerinin beni erekte etmeye yettiğini düşünüyor. Kendisinden bile pahalı çamaşırlarıyla bir porno yıldızı çekiciliği buluyor kendinde. Hangi erkeğin karşısında sallasa, onu kalp krizinden göçertecekmiş gibi bakıyor tangasının böldüğü kalçalarına. Davetlere kolumda girmese kaç para edeceğini bilmiyor, ancak bahşiş olabileceğini bilmiyor garsonlara. Kendini servet sanıyor ucuz bakışlarıyla. Erkekliğimin arsızlığından faydalandığını ve gençliğiyle beni aldığını sanıyor, benim onu satın aldığımı fark etmemek konusunda direnerek. Güldürüyor...

Kendisinden büyük kadınlarla yan yana olduğunda attığı genç ve şuh kahkahaların onda bir etiket gibi durduğunu göremiyor. Dostlarımın yanında aciz ve aptal genç kız soruları sorarak sempatik olduğunu düşünmesi bir yana, bunu acımayla karşılayabilirim, sempatik olduğu tek anın sustuğu ve uyuduğu an olduğunu bilmiyor. Hareketsizken ve bir proje gibi çizilmiş bedeni görünmüyorken bir şeye benziyor.

Çocuk doğurduğunda bozulacak bedeninden feragat ederek bana bir çocuk doğurmayı teklif ediyor. Zengin adamların spermleri ucuz kadınlarda bir çocuğa kolayca dönüşür ve adam bunu bir seviye atlama olarak görür sanıyor. Servetimi ele geçirmek için kendini garantiye alma çabasının gülünçlüğü hakkında en ufak bir fikri bile yok. "Sana doymak istiyorum ama paylaşamam." dediğimde dudaklarını aralayarak gülümsüyor filmlerdeki kaliteli kadınlar gibi. Ama hiç de kaliteli durmuyor. Her türlü yalana inanmaya müsait kadınların akılsızlığının benim gibi bir adamda nasıl yankı bulduğunu bilmiyor. Beni kandırdığını zannediyor ve onu kazdığı kuyuda görmeye bayıldığım için hiç suçlu hissedemiyorum kendimi.

Aynı statüde bulunduğum dostlarımla bir aradayken bir açık artırma başlatsam yok pahasına elimde kalacağını bilmiyor, alıcı bulamayacağını, ikinci elden hallice sayıldığını ve de sandığı kadar mükemmel bir yatırım olmadığını o sinsice etkilemeye çalıştığı kodamanlar için. Zavallılık belirtilerinin tümüne sahip bir dev aynası görüntüsü olduğunu da elbette.

Babam;"Ticari zeka yok sende!" derdi bana, o kalın ve nefret dolu sesini kulaklarıma doldurup. "Seni sömürürler ruhun duymaz." derdi. Babamı hiç sevmedim. Tıpkı karımı sevmediğim gibi. Aklımı küçümseyen ve kendi küçük hesaplarını benimkinden küçük sanan kimseyi sevmedim. Büyüklük taslamamamamın akıllılık olduğunu bile fark etmeyen bu aptal yığınları, akrabalık bağlarıyla ayağıma dolanan yılanları hiç sevmedim. Her an çıkarıp atabilecek gibi aldım onları içime. Ben babamı bile gömdüğüm gün sildim.

Hırsım büyüktü ama asla göstermelik değildi. Kimse benim büyüdüğümü ben söylemeden bilmedi. Kazandığımı, kaybettiğimi, inandığımı, düşündüğümü hep gizledim. Kimse içimi görmeyi hak edecek kadar olmadı yakınım. Kendimi iyi hissetmek için yaptım ne yaptıysam. Beni mutlu edecek zaferlerine izin verdim onların. Bana kendimi iyi hissettirecek kazançlarını önlerine doğru ittim. Her şeyi kendileri için sandılar ama benim içindi her şey. Benim olanın benim için olduğunu bile göremediler. Doğuştan sahip olmadıkları yetileri, büyük bir başarı öyküsüne malzeme edenlere, onları ben verdim. Bilmezden gelerek aptallık ettiler.

Karımı hiç sevmedim. Ne kadar kusurum varsa onda temize çektim ben. Onun aptallığı karşısında aklımı, kalpsizliği karşısında kalbimi sevdim. Vicdan sızlaması yaşamadım hiç, ben kimseye kötülük etmedim. İyilik kisvesi altındaki kötülüklerine karşılık verdim.

Birbirimizi kandırmamızın o eşsiz tadı tutuyor beni ayakta. Bunun heyecanıyla yaşımı az hissediyorum olduğundan. Zaafım sandıkları zırhım aslında. Ben ticaret yapıyorum. Ederinin altında satışa çıkanları alıyor ve etrafa pahalıymış gibi satıyorum. Kâr ediyorum ruhumda.

İyiyim. Kendimi seviyorum.

Cesaretim Yok Sormaya

Güvenli bölgemden çıkmadan orgazmdan orgazma koşmak, yeni şeyler deneyimlemek, iki erkeğin mücadelesinin odak noktasında olmak ve aynı biçimde ikisini birden mutlu etmek için sonsuz bir itaatle savrulmak

Grup yapmak istiyorum ben, grup seks. İmkânım var. Bir fabrikada tekstil mühendisiyim ve her kıvrımımla yakından ilgilendiğini bildiğim ve pantolonlarındaki kabarıklığı saklamak konusunda uzmanlaşmış onlarca erkekle çalışıyorum. Ama onları istemiyorum. Fakir olduklarından, koktuklarından ya da korktuğumdan değil, kocam ve hiç tanımadığım biriyle daha olmak istiyorum. Bir kadın daha istemem ama. İki erkek ve ben. Beni mutlu etmek ve tarafımdan mutlu edilmek için kuduran iki erkek. Arsızlık, hayallerimi süslüyor.

İzlediğim porno filmlerden sonra bu isteğimin rüyalarıma girdiğini söylemeliyim. Kocam da benim kadar arzular mı, teklif eder mi umuduyla, ona da izlettim. Oralı olmadı. Sonrasında benimle çılgıncasına sevişti ama beklediğim teklifi yapmadı. Düşük ihtimal olduğunu biliyordum ama yine de üzüldüm. Acaba ilgi duyduğumu düşünüyor mudur? Bunu isteyebileceğime ihtimal veriyor mudur? Belki de yanlış anlayacağımı düşündüğünden susuyordur, cesaret edemiyordur teklif etmeye.

Kıskanç biri olmadı hiç. Namus kavramını içi boş bulmuştur hep. Neye göre kime göre, ölçüsü ne demiştir, tartışmıştır dost sohbetlerinde. Ama bu kadar ileri gider mi bilemiyorum, hiçbir zaman da bilemedim. Güzel olmamla, seksi görünmemle övünmüştür, herkes beğenirken senin benim olmanı seviyorum demiştir. Ben onun için böyle düşünemiyorum oysa. Üzerinde gezinen bir çift göz bile beni deli etmeye yeter, kim ve nasıl olursa olsun. Böyle düşünmesi normal mi bilemiyorum, sevinmeli miyim bilemiyorum. Kafam karışmasın istiyorum, konuyu değiştirmem ondan. Her neyse...

Çiğdem, iş arkadaşım, kocası ve başka bir kadınla grup seks yapmış, denemişler. İlk tecrübeden olsa gerek yıldızlı pekiyi vermemiş, yumuşatmaya gerek yok, bahsini bile etmek istemiyor. Belki başka bir kadınla olduğundandır. Kocası için rekabet etmek zorunda olduğu birini ağır buldu belki de. Belki de benim kadar arsız değildir kim bilir? Ben denemek istiyorum, ne olursa olsun denemek. Seveceğimi biliyorum, yeniden isteyeceğimi de. Ben rekabet etmek istemiyorum, benim için rekabet edilsin istiyorum.

Beni tatmin etmeye çalışırken tatmin olsunlar ve bir taşla kaç kuş birden diye düşünsünler istiyorum. Şanslı hissetsinler mesela. Ya da çaresiz. Evet çaresiz hissetmelerini de istiyorum. Bana yetmediklerini düşünüp çaresiz hissetsinler, hangisinden daha çok memnun kalacağımı düşünüp kaygılansınlar istiyorum. Doyumsuzluğum hem fark edilsin hem de gizli kalsın istiyorum.

Soramıyorum ona. Henüz o kadar cesur değilim. Daha önce denediğimi, ona ihanet ettiğimi düşünecektir. Ya da bu hafif meşrebin nereden peydah olduğunu? Ya da onunla sevişirken hep başka erkekleri düşlediğimi. Arada düşlediğim doğru ama bunu ona söylemeyeceğim elbette. Ya da kiminle ne konuştuğumu. Bu akılları kimden aldığımı sorgulayacaktır. Bana daima yetmiş olan aklım, önüme iyi bir kariyer halısı sermiş olan aklım, bugün ona yetersiz gelecektir. Aklım değil, hormonlarım istiyor bunu. Anlar mı dersiniz?

Çocuk sahibi olmayı hiç düşünmedik. Hamilelik sürecinin bir yerinde cinsel hayatımızın sekteye uğrayacak olması bizi hep korkuttu. Haftanın üç günü birlikte olma garantisi için yapılan evlilik sözleşmelerini gülünç bulduk. Haftanın en az altı günü birlikte olan bir çift için neyin az, neyin fazla, neyin aşırı olacağını kestirmek güç. Yine de söyleyemem ona. Teklif ondan gelmeli.

Söylemeye kalksam hangi sözcükleri seçerim diye çok düşündüm. Hangi sözcükler onu, başka bir erkeği daha isterken onu sevmeye ve arzulamaya, onu eşsiz bulmaya devam edeceğimi en doğru biçimde ifade eder diye düşündüm. O sözcükleri bulamadım. Sahi neden grup seks isterken bir yandan da ideal çift kalacağımıza ikna eden sözcükler diye bir şey yok! Ya da var mı?

Kocamı seviyorum, hep sevdim. Ama yabancı biriyle birlikte olmak istedim hep. Kocam izlerken ve eşlik ederken hatta. Bir yabancıyla. Bir kere göreceğimiz, sonra hayatımızdan çıkaracağımız, hakkında hiçbir şey bilmediğimiz ve bilmeyeceğimiz, tipiyle ilgili fikir sahibi olmadığımız ve olmayacağımız, karakterini çözmeye çalışmadığımız ve çalışmayacağımız, iyi biri olduğundan asla emin olmadığımız ve olamayacağımız, kötü biri olduğunu düşünmek için neden bulmadığımız ve bulamayacağımız... Hatta cinsel geçmişini hiç ama hiç bilmediğimiz ve bilemeyeceğimiz biriyle. Yalnızca bir erkek değil yani, bir yabancı istedim.

Korunaklı kalmak istememden belki. Güvenli bölgemden çıkmadan orgazmdan orgazma koşmak, yeni şeyler deneyimlemek, iki erkeğin mücadelesinin odak noktasında olmak ve aynı biçimde ikisini birden mutlu etmek için sonsuz bir itaatle savrulmak... Sanırım böyle anlamlandırıyorum bu isteğimi. Ya da anlamlandıramıyorum da kandırıyorum kendimi.

Soramıyorum.

Aşk

Oysa aşk bitince en çok şuurunu arıyorsun.

Aşk, kesin yargıları reddediyor. Büyük konuşmayı, kibri, aslaları istemiyor yanı başında. Dünyanın en basit ceza sistemiyle tüm "asla" dediklerini getiriyor başına. Hem güçlü hem şanslıysan direniyorsun, hem aşık hem akılsızsan faiziyle çekiyorsun cezanı. Zehri bal eyleyip içiyorsun ve pamuk sayıp da sarılıyorsun dikene. Seviyorsun. Onun sevgini hak edip etmediğini düşünmeksizin ama sonuna dek hak ettiğine inanıp seviyorsun. Koşulsuz ve matematiksiz.

Yanlış bunun neresinde diye düşünüp gösteriyorsun hesapsız ve sınırsız hoşgörünü. Anlayışın, sıra dağlar gibi duruyor arkasında ve tam devrilecekken taşıyor ağırlığını. Hatalarından ders çıkarıp çıkarmadığıyla ilgileniyorsun sana yapıp yapmadığına bakmadan. Kovalarken yoruluyorsun, affederken erinmiyorsun ama. Yakalayınca sarıp sarmalıyorsun tutup sarsmak yerine omuzlarından.

Gözleri gerçekten gördüğün kadar güzel mi? Burnu hokka değil, bunu sen de biliyorsun. Ağzından bal damlamıyor genelde ama sesine bile işlemiş o tatlı koku, tadından bahsetmiyorum bile. Suyun üstünde yürür gibi narin atıyor adımlarını, belindeki gamze yüzündeki gülücüğün bedenine yayılan tesiri. O kadar güzel mi sahiden? Düşünmüyorsun bile. Aklının en ücra köşeleri bile ona sağlayacağın yarınlara ilişkin hayallerle tıka basa dolu. Sen onu her gününe istiyorsun.

Acısını acın belliyorsun kendi acıların yetmiyormuş gibi. Gözyaşında bin kıyamet buluyorsun üstüne üstüne kopan. Endişelerini bastırmak için göğsüne yatırdığın başı, hiçbir zaman düşündüğün kadar hafif değil. Ve onun kurduğu düş, hiçbir zaman senli değil. Kendisini seven birini seviyorsun, az severmiş gibi sen de seviyorsun onu. Şımarması bundan. Göremiyorsun.

Ölüm var, yaşasın istiyorsun. Hüzün var, gülsün istiyorsun. Hastalık var, sağlık istiyorsun. Delilik var, akıl istiyorsun. İhanet var, sadakat istiyorsun. İyi olan, güzel olan ne varsa ona istiyorsun. Kendini unutuyorsun.

Sen, hesapsızca işlenen bir suçun failisin kendine karşı. Sen, kendini unutmanın ve vazgeçmenin kendinden nasıl bir şey olduğunu bilmiyorsun. Biliyordun, unuttun. Asla demiştin bir gün, hatırlamıyorsun. Sen, başka bir insandın, başkalaştın, görmüyorsun. Seviyorsun, doymuyorsun.

Ne kadarı eksik, ne kadarı fazla bakmıyorsun. Kendini hesaba katmıyorsun. Hata ediyorsun. İki kişilik sevmeli insan kendini unutmadan. Unutuyorsun.

Kendini unutan insanın evrende yitip gideceğini göremiyorsun. Tökezleyip düşeceğini ve kalkarken zerrelerini dökeceğini. Penceresinin daralacağını ve gözünün güzele muhtaç olacağını anlayamıyorsun. Genellemeler anlamsız. Şimdi sen bu satırların muhatabısın. Yaşıyorsun, bakıyorsun, seçiyorsun ama kendini unutuyorsun. Nihayetinde görüp görebileceğinin bir deri bir kemik olacağını bilmiyorsun. Ruh kaybının da kilo kaybınla yarışacağını. Sen nerede yiteceğini bilemiyorsun, şuursuzsun.

Oysa aşk bitince en çok şuurunu arıyorsun.

Dünya Koca Bir Yalan Gözümde

Rahmimde bir cenin, ruhumda bir delik, aklımda bir kaçık ve dilimde bir küfür, olmasıyla olmaması arasında fark yok artık.

Dünya koca bir yalan gözümde. Aşk, koca bir tuzak. Kırk yıl hatırı olsun diye uzattığım kahvedeki tuz, şimdi genzimi yakan. Evlilik, beni yutmak için pusuda bekleyen vahşi bir hayvan.

Kendime olan saygım, bir buzdu sanki, eridi suyun içinde. Su soğudu ama buzdan bir şey kalmadı geriye. Ben şimdi, başına sıcak vuranların soğuk ve görünmez tesellisi. Ben şimdi, yeni bir kalıp uman suyun, katılaşmayı bekleyen hâli. Biri baştan yapsa ya beni...

Kendime olan sevgim, özünü asla yakalayamayacak olan bir üvey evlat sevgisi. Yanlışları göze batan ve doğrularında bir bit yeniği aranan daima. Özüyle kıyaslanan ve hayal kırıklığı yaratan her anında. Kendine küs, özüyle kavgalı ve galip gibi göründüğü anlarda bile mağlup özüne. Biri baştan doğursa ya beni...

Sevdiğim, nasıl sevdiğimi anımsayamadığım modası geçmiş ve fotoğrafları utandıran bir giysi şimdi. Soyundukça kendimi bulduğum ama çıplak da gezemediğim insan içinde. Yenisi olsa da giysem dediğim ve aynalara gülümseyerek bakmak istediğim içinde. Dışında kaldığım, tutmak isterken içimde.

Evim, masalların şekerlerden yapılma evleri gibi hayattan edecek tuzak içinde. Tatlı duvarlar, bitmeyen bir mahpusluğun voltası ve rutubetin sızısı duruyor aciz dizimde. Çocuk resimlerinde yaz günü bacası tüten ve dışı sizi içi beni yakan bir garip hane. Biri baştan, sahiplense ya beni.

Çocuk yaşımdan beri düşlediğim aşk, gelinlik saydığım bir kefene sarıldı. Benimle yaşar sandığım o düş, beni beklemeden toprağa girdi. Düşümde sevdiğim o güzel adam, beni hatırasından önce terk etti. Terk ettiğim beden, ruhuma yapıştı da kopmak bilmedi. Anladım, kaderini terk edemiyor insan. Anladım, hayalini gerçek edemiyor bazen istese de.

Soğanları pembeleşinceye dek kavurmak, ezilerek sevişmemek için aybaşımı beklemek, nerede çıkarıldığı belli olmayan pantolonların ceplerini boşaltmak şimdi her gün yaptığım. Günler, takvimlerden düştükçe bana yaşlanmayı anlatan, yaşlanmayı ve kaçırmayı hayatımı kendi elimden.

Sahi nerede o aşk, her saniyesine taptığım!

Rahmimde bir cenin, ruhumda bir delik, aklımda bir kaçık ve dilimde bir küfür, olmasıyla olmaması arasında fark yok artık,

Ben beni nerede kaybettim bilmem, eski günleri nereye kaydettim bilmem, olanı biteni ne zaman fark ettim bilmem... İsterim ki günüm bitsin ömrümde ve dünya koca bir yalan gözümde.

Oğluma Veda

Vicdanı, hiçbir azabı kendine değdirmeyecek kadar tok, anlayışı tek bir kalp bile kırmayacak kadar çok ve kibri, Tanrı'yı asla unutmayanlardaki gibi yok.

Hayattaki en büyük amacım, arkamda, herkesin bakıp imreneceği bir şey bırakmaktı. Bir kitap yazabilirdim, bir gezegen bulabilirdim ya da bir kötülük yapabilirdim asla unutulmayacak olan. Ama bunlar başkalarını tatmin edecek, beni ise biraz doyumsuz bırakacaktı. Bir çocuktu benim tek hayalim. Ben bunu istedim, arkamda kanlı canlı, akıllı ve duygulu bir çocuk bırakacaktım ömrümü tamamladığımda. Erdemli bir birey olarak yetiştirecek ve her adımıyla ben de yürümüş sayacaktım kendimi. Nefesimin sonuna dek onunla gururlanacak ve en büyük eserimi hayranlıkla izleyecektim. Hayata en iyi biçimde hazırlayacaktım onu. Onu hem kendi hayatına, hem de benim ölümüme hazırlayacaktım. Sessiz sedasız çekip gidecektim hayattan. Bir uykuya yatacak ve gün görmüş yüzümde belli belirsiz bir gülümseme, buruşuk ellerim sol yanağımın altında, uyanmayacaktım bir daha. Huzurla geçen ömrüm, huzurla son bulacaktı. Olmadı.

Henüz dört yaşında benim altın saçlı oğlum. Merhameti kendinden büyük, melek yüzünde iki büyük mavi boncuk ve elleri bir müzisyenin elleri olmaya layık. En güzel bestelerini çalacak belki bir salon dolusu insana. Bir ülke dolusu insan onun ezgilerinde bulacak huzuru. Bu artistik duruş, bu şiir gibi bakış, bu nakış gibi yüz nice kadının canını yakacak. Bir kadını hastalıkta ve sağlıkta sevecek, bir dostu iyi günde kötü günde omuzlayacak ve her türlü güçlüğü bir komutan gibi göğüsleyecek, bakınca görüyorum. Vicdanı, hiçbir azabı kendine değdirmeyecek kadar tok, anlayışı tek bir kalp bile kırmayacak kadar çok ve kibri, Tanrı'yı asla unutmayanlardaki gibi yok. Dört yılında kırk yıllık hayal görüyorum ona bakınca. Bu kadar zayıf olmasaydım...

Bu kadar zayıf olmasaydım yetişirdim on yaşlarına... İlk aşkına, ilk dansına, ilk gözyaşına yetişirdim. Dünya bunca zalim olmasaydı ve yok saymasaydı hayallerimi, onunla kalacak gücü bulabilirdim.

Etim hissetmiyor artık acıyı. Okul laboratuarlarındaki içi doldurulmuş hayvanlar gibiyim. Canlı görünen ama çoktan ölen. Yoktan yaşayan ve hiç yoktan ölen. Biraz et için acımasızca avlanan bir keklik gibiyim. Göçeceğim, dağlardan koparıldım, öteceğim dallardan koparıldım, uçacağım göklerden koparıldım, yerin yedi kat dibinde cehennemin altındayım.

Babamdan yemediğim tokadın acısını duyuyorum, annemden işitmediğim azarın utancını. Savrulduğum zeminlerde çocukluğumun oyunlarını oynuyorum sanki. Bu hayatta acı çekerek oynadığım tek saklambacım ve kapanan göz kapaklarımla sessiz bir kör ebeyim yeniden. Büyümekle aptallık etmişim. Ama ben olmasam da büyüsün oğlum. Büyüsün ve genlerini aldığı kimseye benzemesin. Büyüsün ve kimsenin gölgesinde ezilmesin. Büyüsün ve sevdiklerini bir ipekböceğini sever gibi sevsin. Beni affetsin.

Beni affet oğlum. Karnımda geçirdiğin günlerin büyüsünü, mememden emdiğin sütün lezzetini, avcuma sığan ayaklarını ve keşfetmek için deliren ellerini de götüreceğim. Hatıran, dünyada vücut bulan en büyük projemin bir aksi şimdi. Zihninin bir odasında izlerim olsun isterim ve sevdiğin bir şarkının sözleri gibi dursun hatırında sesim. Unutursan kırılmam ama unutmazsan bir parça dirilirim.

Dünya bana yaramadı ve yaralarım sabırla sarılmadı. Sevilmediğimi anladığımda yanan canım, senden başka şeye sarılmadı. Öfkemi, göbek bağınla birlikte bahçeme gömdüm. İsyan ve şüphe ettiğim Tanrı'yı ilk senin gözünde gördüm. Dünyamın merkezini belindeki çukurda bildim. Ve oğlum, ben seninle canıma yeniden değdim.

Babanı affet. Olur da hatırlarsan bu yaşlarını, gördüklerin için affet. Hissettiklerin ve hissedemediklerin için affet. Göğüs kafesini afla genişlet ve daraltma dünyanı ben gittim diye. Bulutlar, aramızda bir duvar şimdi ama ardını görmeye çalışmaktan vazgeçme.

Ak sütüm gibi helalim sana, beni iyi anmaktan vazgeçme. Bütün iyi huylarını kendinden al ve bütün kötü huylarımızı istemediğin birer armağan gibi yolla geriye. Bize benzeme oğlum.

Sever gibi sev, anlar gibi anla, yaşar gibi yaşa oğlum. Dünyanı başka bir şeye benzetme.

Seni terk eden anneni terk etme. Herkesin bakıp imreneceği türden bir sen bırakıyorum ardımda. Beni senin hatırına terk etme. Kendine bakıp imren ama bana öykünme.

Yarım bırakıyorum bu sayfayı hayatım gibi. Sana bırakıyorum. Anla beni. Büyüklük et annene...

Hoşça kal

Aşk Kaç Kere

Aşk, tanımı üzerine ne kadar kafa patlatılırsa patlatılsın sabitlenerek literatüre giremeyecek kadar jöle kıvamında

Hayatının aşkını kaybedince bir mezar bulup da girmek isteyenlere bu yazım. Hayatındaki işaretleri göremeyen, toplayamayanlara. Hayat bitmeden aşk bitmez, hâlâ duymayanlara!

İnsan, hayatında yalnızca bir kez âşık olur dediler ve asırlık bir hevesi yerle bir ettiler. Safsata! Ömür uzun, insanlar çeşitli, her yaşın duygusu ayrı, her yılın bakışı ayrı hayata. Değişen insan, gelişen zihin, öğrenilen bilgi, deneyimlenen hayat, birden fazla defa âşık edebilir bizi. Bazen birine bazen kendine.

Aşk, tanımı üzerine ne kadar kafa patlatılırsa patlatılsın sabitlenerek literatüre giremeyecek kadar jöle kıvamında. Üfleseniz yer değiştiriyor bulunduğu zeminde, şekli değişir gibi oluyor, devrilecek yerle bir olacak gibi duruyor, ama dedim ya duruyor. Sarsıyor yaşanırken, hırpalıyor, yaralıyor, kötü anıların tutkulu koleksiyoncusu yapıyor sizi ama yine de siz vazgeçmedikçe gitmiyor. Evet aşk bitmiyor. Siz vazgeçiyorsunuz ondan.

Aşktan söz edince kalbinizi en çok ne burkuyor derseniz yarım kalanların kalp yetmezliğinden beter o bitmezliği. Pamuklar içinde yetiştirilen fasülye gibi şaşırtan filizleri. Söndü sanılan anda harlanan isteği. Herkes yaşasın istiyorum, tutsun elini, öpsün dudağından ve aptal gibi görünsün bakınca dışarıdan. Dünyanın en güzel aptallığı pahalı bir broş gibi dursun yakalarda, solmasından endişe edilen bir bahar çiçeği gibi. Ömrü vefa ettiğince dilde yaşasın istiyorum sevdanın türlü hâli. Herkes sevdiğine sevdiğini söylesin, bu birinci. Herkes özlediğine özledim desin istiyorum. Gel desin mesela nefes alamadığını söylesin ölecek gibiyse ama bilsin ki ölmeyecek yine de. Aşktan ölünmez ama doğulur, herkes bilsin istiyorum. Ve doğsun istiyorum yeni bir aşkla, değer bir aşkla elbette ruhlarına değen bir aşkla.

Hevesimiz yeniden canlandıysa ve aşkın güzelliğini anımsadıysak yeniden, şimdi biraz da başka açıdan bakalım aşklara. Evliliğe varması için dualar edilen ilişkilerin ilk adımlarından dem vuralım mesela.

Kadınların, ilişkilerin girizgahında en sık yaptığı hata: Ya aşırı güçlülük ya da aşırı zayıflık üzerine temellendirme yapmaları. Duygusal açıdan çökmüş görünmekle hiçbir şeyin sarsamayacağı ve tek başına koca bir dünyaymış gibi görünmek arasında uçurum var öyle değil mi? Oysa ikisi de aynı oranda ve de uzun vadede yalnızlığı, yürümeyen ilişkileri, gerçek dışı bir paylaşımı beraberinde getiriyor. Erkeğin merhem olma hayali ile fetheden olma hayali aynı derecede çabuk tükeniyor. Normallik, eninde sonunda özlenen bir şey.

Erkeklerin ilişkilerin girizgahında en sık yaptığı hata: Ya evlilik ve aile adamı portresi çizmeleri ya da feleğin çemberinden geçmeye ve bu dünyayı bitirip diğer gezegenleri de fethetmeye aday görünmeleri. Serseriliğin çektiği kadınların düzen arayışı eninde sonunda başlıyor ve aile babası hayali kuran kadınların sıkılmaları maalesef sanılanda da kısa bir sürede gerçekleşiyor. Normallik yine ve daima özlenen bir şey.

İlişkinizin ilk adımı varacağı noktayı işaret eder biraz da. O yolda başınıza gelecekleri işaret eder. Aşka inananlar işaretleri doğru toplasınlar. Çünkü aşk, işaret parmağınızın ayıp olduğu halde uzandığı adamda ve kadında. Aşk, işaretlerin toplandığı o defalarda. Tek değil, çok defa.

İlk

Ağlayamamıştım.
Hissizlik benim cenaze giysimdi.

Hep o meyhanede içerim, hep yalnız içerim genç kızlığımdan beri. Üniversite yıllarımın ilk rakısı, hayatımın da tabi. Genzimdeki yangın, burnumdan fışkırmasın diye içten içe ettiğim dua, belki de bugüne dek ettiklerimin içinde en kıymetlisi. Hâlâ ve daima.

İlk buluşmada meyhaneye gitmek isteyen bir erkek, nasıl da korkutucuydu dün gibi hatırımda. Güven veren sesinin ardında aradığım tuzak, ellerimin titreyişindeki utanç, gözlerine baktığım an duyduğum ateş hepsi dün gibi hatırımda. Hukuk fakültesinin uzun boylu, yanık tenli, yeşil gözlü, tok sesli yakışıklısı, o günlerde bilmiyordu bahçenin bir köşesinde daimi manzara olduğunu. Bense gözünün ucunun dahi bana değdiğini sanmıyordum aradan geçen zaman boyunca. Onu izlemek, komşunun evindeki televizyonu izleyebilmek için annemden güç bela izin almak gibiydi. Annem hayatta değildi ve her evde televizyon vardı artık. Çok şey değişmiş ama o yakarma halinin içindeki istek ölmemişti.

Onu, çocuk yaşımın isteğiyle seviyordum o ilk gençlik yaşımda. Onu, dudaklarının tadına baktığımı hayal etmemeye çalışarak seviyordum, teninin kokusunu düşünmemeye çalışarak seviyordum. Onu severken kendimde de bir şeyler seviyordum çünkü bana iyi gelişini seviyordum uzağımdayken bile.

Gelip adımı sormuştu, hiç beklemiyordum. Bu paragraf kadar hızlı geçmişti o an. Bir sinema bileti uzatmış ama yalnızca gösterip çekmişti. "Benimle izlersen sevinirim" demişti. Şaşırıp kalmış ve filmi sormuştum. Adımı söylemeden üstelik. Adımı beğenir mi diye düşünmüştüm anımsıyorum; Biricik. Onun biriciği olur muydum diye düşünmüştüm. Filmin adını sormuştum, gidecektim dünya yansa. Dünyanın bütün temkini dünyanın kalanına kalsın, ben teslimiyetçi olacaktım. "Rakı içerken söyleyeceğim, perşembe akşamı sekizde, Kurtuluş Despina da" demişti. Despina'da neydi? Çekip gitmişti aniden. Despina denen bir kadın hayal etmiştim, mekâna adını vermiş, olgunca, dolgunca, hafif meşrep ama yine de kendi içinde ölçülü, erkek müşterilerin yalnızca onun için mekânına gittiği. Gençlerin sıklıkla gittiği bir kafeydi muhtemelen ya da sıradan bir restoran, öğrenci işi. Ne? Rakı mı? Rakı içerken demişti. İlk defa buluşacağım biriyle rakı içmek mi? Daha neler? Ben hiç içmedim ki! Sarhoş olmam on beş dakikamı bile almaz. Sarhoş olunca onu neredeyse iki yıldır göz hapsimde tuttuğumu anlatırım, onu her haliyle hayal ettiğimi, kendimi onun için yetersiz bulduğumu, benimle konuştuğu için bile kendimi Marlon Brando'yla flört ediyor gibi hissettiğimi. Tabi ki gidecektim. Risk almam gereken bir gün varsa ömrümde, işte o gün gelmişti.

Dört yılım onunla kusursuz bir aşkın başkahramanı olarak geçti. İzlediğim filmler dünyayı anlattı, okuduğum kitaplar bilindik bilinmedik bütün hayal alemlerini. İç savaşları, dış savaşları ve iç dış diye ayrılmayacak o kutlu barışı, açlığı, kıtlığı, ölümü ve sağlığı anlamıştım onunla. Kanunsuzluğu ve kanunları yıkan çaresizliği, mahkûmların özgürlük umudunu, yoksulların zenginliğe varamayan hayallerini, düşmanların kinini ve dostların şefkatini dinlemiştim ondan. Gitmenin de kalmak kadar anlamlı olduğunu bazen ve ideallerimizin bizi nasıl insan kıldığını. Ondan, dünyanın bütün güzel senaryolarını, şiirlerini dinlemiştim. Ayçiçeği tarlasında güneşe durmuş, denizlerin ortasında suya doymuş, nefesimi anlamlı kılmayı öğrenmiştim. O benim yaşayan yanımdı.

Gittiğinde ölmüştüm. İsteyerek gitmemişti, şükür bunu bilmiştim. Ama istediklerinin sonucunda ölmek olduğunu bilse yine de isterdi, fark etmiştim. Öldüğünde yaşım yirmi dört, kemiklerim yirmi iki, ruhum kırk beşti. Yılları atlayarak geçmiş ve içimi de kendimle birlikte geçirmiştim. Cenazesinde bir damla yaş dökmemiştim ve gülmek bana başka bir gezegenin alışkanlığı gibi görünmüştü, böyle bir acıyı gülümseyerek karşılayanlar uzaylı değil de neydi? Ağlayamamıştım. Hissizlik, benim cenaze giysimdi.

Despina'da ağladım ilk. Onsuz içtiğim ilk rakıda. Onsuz izlediğim ilk filmde. Onsuz dinlediğim ilk şarkıda. Onsuz sevdiğim ilk kedide. Onsuz hissettiğim ilk dünya derdinde. İkincilerde değil. Hiçbir şeyin ikincisinde ağlamadım.

"Yeşil gözlerini ufkuma ger ki" demişti Saaddetin Kaynak, her şeyin başı, her şeyin ilkiydi. İkinciyi yaşamadım, sevmedim ben kimseyi.

"Cennetteki sevdiğime selam olsun! Dualarla bekliyorum yanına gelmeyi."

İsyanımsı

Sevmekle şımaran
ve sildikçe kabaran egolarına bakıyorum.

Ve ben bugün başka hiçbir güne benzemeyen günlerden birindeyim. Olanca şaşkınlığımla ve yalnızlığımla insanlara bakıyorum, bir de onların korkutan kalabalığına. Aynı insan olduklarına inandığım anda oldukları bambaşka insanlara. Onların başka başka oluşlarına, çokluklarına...

Yeniden değerlenen varlıklarına ve kendilerine biçtikleri pahalara bakıyorum uzun uzun. Kibrin korkutucu dikenleri batıyor dimağıma. Sevmekle şımaran ve sildikçe kabaran egolarına bakıyorum. Korkuyorum.

İnsan diyorum nasıl da hayret verici nasıl da can yakıcı... ve kırıcı... ve yıkıcı... İnsan diyorum nasıl da uzak kendinden ve tek yüzü yaralı. İki yüzü cebinde, her yanı gerçeğe kapalı. Düşünüyorum.

Bugün ben hiçbir güne benzemeyen günlerden birindeyim. Hiç kimseye benzemeyen insanların peşinde, kendi olanların hasretindeyim. Hazımlı olmanın gayretinde. Özlüyorum.

Ne kadar azaldık....

Çoğalmak lazım ve bütün günleri şeffaf erdirmek geceye.

Gecelere bu insanlarla varmak istemiyorum ve gecelerden aydınlıklara. Ben günümü değmeyene değerek öldürmek istemiyorum.

En çok neyi dolarlarsa dillerine, en çok ondan yoksun olduklarını biliyorum. Namussa namus, vicdansa vicdan, paraysa para. Yokluklarını varlıkları ezerek yok etmeye çalışmalarını izliyorum. Kolumu kaldırasım, elimi kıpırdatasım gelmiyor, işaret parmağım kimi, neyi işaret edeceğini şaşırıyor. Onlara yazmak, onları anlatmak, onlara sövmek istiyorum ama içimden gelmiyor.

İnsan diyorum nasıl da bezdirici, nasıl da heves kırıcı ve nasıl da öldürücü. İnsan diyorum ne kadar da uzak insanlıktan özünün tam da tersinde. Hazımsızlığın pençesinde. Boğuluyorum.

Ne kadar azaltıldık...

Serçe Parmak

O kusursuz planından ve
o kusursuz serçe parmağından
öpüyorum kızım.
Bizi güzellikle bekle.

Evliliğimiz, dünyanın en basit mantığı üzerine kuruldu. İki iyi niyetli insanın hayatlarını birleştirmesinin huzur getireceği ve aileyi çocuklarla genişletmenin bunu taçlandıracağı inancı üzerine. Çocuklar olmasa bile mutlaka bir kız çocuğu. Sevgi, saygı ve mantık üçlemesinin, güzel bir bileşimi olacaktı evliliğimiz ve bununla övünecekti çocuğumuz büyüyünce. Evliliğimiz hiçbir şeyi zorlamadan ve her şeyi gerektiği kadar bulunduracaktı içinde. Ilımlıydık. Sıcak ama mesafeli, çalışkan ama dingin, planlı ama sıkıcı olmayan insanlardık. Herkesin sahip olabileceği ama detaylarda ve dahalarda boğulduğu için sahip olamadığı bir hayattı bizimki.

Evlilik hazırlıkları aşamasında bir kez bile gönül kırıklığı yaşatmamıştık birbirimize, kötü bir hatıra atmamıştık içimize. Yorganımıza göre uzattığımız ayağımız, sıcak yatağımızda birbirine dolanıvermişti. Heyecandan kalbimiz yerinden çıkacak falan değildi ama gözümüz başka bir yöne de kaymamıştı hiç. Değerli bir insanla değerli bir hayat geçirilebilirdi ancak ve biz birbirimize değer verdik.

Mesai saatlerimizin sonunda evimize koştuk, film izledik, ütü yaptık, uyukladık sarmaş dolaş. Seviştik canımız çekince. Filmlerdeki kadar ateşli değil belki ama birbirimizi kendimizden az düşünmedik. Koca bir aile olmuştuk ikişer anne, ikişer baba. Bir araya gelinen büyük pazar kahvaltıları, yazları deniz kenarında tavla partileri ve kahve seansları kırk yıl hatırlı. Her şey hayalimizdeki gibiydi. Ölçülü bir yaşam ve ölçüsü kaçmayan insanlar cenneti.

Kızımız doğdu sonra; Duru. Adı gibi yaşasın diye dualar ettiğimiz sağ el serçe parmağı yamuk, gerisi safi şahane, küçük güzel kızımız. Nazarı olsun dedik, güzel ömrünün. Bu kadarla kalsın dedik.

Her yaş gününde kocaman bir ailede onlarca öpücük kondu yanağına ama beşinci yaş gününde yalnızdı soğuk bir hastane odasında, yapayalnızdı. Lösemi teşhisi konmuş ve ilik arayışına başlanmıştı. Koca ailesi uygun ilik verememişti yavrumuza. Ben hızla kilo kaybediyordum, babası ise umut. Annelerin umudu daha geç ölürmüş ama can çekiyordu benimki de hissediyordum. Duru düşündüğümüzden güçlü çıkmıştı. Enfeksiyonlar ise düşündüğümüzden hevesli. Bu yaşta bir çocuğun boğuşmak zorunda kaldığı güçlükler bizi çaresizliğin avcunda oyuncak ediyordu. Kemoterapi acı çekmesinden başka bir şeye yaramamıştı çünkü vücudundaki tüm değerler gözlenebilir biçimde hızla düşüyordu. Doğduğu ana geri dönecek gibiydi, bir avuç kalmıştı güzel yüzü. Bacakları camdan sopalar, kırılsa içimi darmadağın edecek. Her şey denendi, her acı deneyimlendi. Ve altıncı. yaş gününde dünyada değildi Duru. Bize bitimsiz bir yas bırakarak gitti. Kızımız gitti ve dünya pul oldu gözümüzde.

Kusursuz hayatımız, küçük kızımızın peşinden eriyip gitti. Odası, bir ibadethane gibi dokunulmazdı artık bizim için. Her gece saatlerce oturduğumuz döşemelerinde ve her sabah ezanına kalbimizdeki kötü huylu urla uyandığımız. Ölecek gibi oluyor ama ölmüyorduk. Yaşayacak gibi de olmuyorduk hiç.

Duru'yu son görüşümüzde karpuz istemiş babasından. Karpuz almak önemli bir işti bizim evde. İyi mi değil mi diye vurmak ve çıkan sesi bilmiş bilmiş dinlemek Duru'nun işiydi. Canı karpuz çekmiş. Aylardan ocak. İki ay daha yaşasa altı yaşına basacak. Ama olmadı. Kış günü karpuz istemiş canı. Babası düştü yollara, ben soğuk bekleme salonunda hiçbir şey anlamadığım bir sohbetteydim, gözüm saatimde. Gecenin bir yarısı karpuz bulunur muydu, doktorlar yedirir miydi bulunsa bile? Aklımda sorular ama cevabı da içimde. Her şeye izin veriyordu artık doktorlar. Ve bu göründüğü kadar iyi bir şey değildi.

Sözcükleri zor seçiliyordu Duru'nun. Dudağının kenarında dudaklarından da büyük yaralar, sesi Sur'un sesine gizlenmiş gibi can yakıcı. Acaba karpuz değil de başka bir şey mi istemişti? Yiyemedi. Gitti Duru.

Tanrı'nın cennetinde meyve ağaçları dallarını sarkıtıyor olmalı yerlere kadar. Duru gibi çocuklar öldükleri yaşta kalırlar. Boyları kısa, elleri küçük, rahat uzanıp da alsınlar. Duru, içimizde mevsimsiz bir meyve gibi kaldı, canımız çektikçe uzaklaşan bizden. Belli belirsiz tadı bize hep sonsuz gelen.

Bir daha eskisi gibi olamadık sonra. Hiç dokunmadık birbirimize. İki kardeş gibi sarıldık, iki arkadaş gibi darıldık, iki çocuk gibi ağladık, hep iki kaldık. Bir daha hiç bir olmadık.

Her Ocak'ın 5'inde uzakta bir yerde yeni bir yaş aldı Duru. Ve biz özene bezene kurduğumuz hayattan her yıl biraz daha uzak kaldık. Doymak için yedik, unutmak için çalıştık, hatırlamak için deştik. Hiçbir şeyden zevk almadık.

Akıl verenimiz, yol gösterenimiz, yön değiştirenimiz çok oldu. Sevdiklerimizi kaybettik ama anladık ki biz o Ocak'tan sonra kimseyi layığıyla sevmedik. Unuttuk hepsini, döndük ibadethanemize. Defnettikten sonra ardını merak ettiğimiz kimse olmadı, döndük Duru'nun neşeyle oynadığı o renkli döşemeye.

İki iyi insanın birleştirdiği hayat, ağır bir yük olarak kaldı bize. Taşıyamaz olduk. Duru'yu unutmak ihanet olurdu ama kendimizi unutmanın da bir sonu yoktu. Unut unut bitmiyorduk. Duru'yla yitip gitmiyorduk.

Yatağımızı ayırmadık hiç. Ama dokunmadık da

birbirimize. İki iyi insan olarak beraberce tuttuk yasımızı ve sabırla doldurur olduk yaşımızı. Duru'dan bize, birbirimize verdiğimiz değer kalmıştı, bir de anne baba olmanın dayanılmaz sancısı. Bir kere anne olunca bir daha bırakamıyordun anne olmayı, hayat bana bunu uygulamalı olarak anlatmıştı.

Duru onuncu yaşını da görmedi. Biz kestik pastasını, mumlarını üfledik. Dualar ettik gittiği yerde huzurlu olması için ve Tanrı'nın çocukları bağrında büyüteceğine güvendik.

Duru on beşinci yaşını da görmedi. Biz yine kestik pastasını, mumlarını üfledik. Yaşasaydı ilk aşkını yaşayacaktı dedik, gizlemeye çalıştığı heyecanları, okumak istediği kitapları olacaktı. Yaşasaydı serçe parmağındaki yamukluğu dert edecekti şimdi. Biz de bu kusurun onda nasıl ilahi bir nişan gibi durduğunu anlatacaktık.

Duru on sekizinci yaşını da görmedi. Biz yine... Hayatta olsaydı görmek istediği ülkeler, öpmek istediği bir sevgili, bıkacağı ama yine de seveceği bir annesi bir babası olacaktı. Sana güveniyoruz ama çevreye güvenmiyoruz diyecektik ona. Alaycı gülecekti.

Dünyanın en basit mantığı üzerine dünyaya geldiğini anlatacaktık ona. Aslında her şeyin ama her şeyin yalnızca ona sahip olmak için olduğunu. O gidince zamanın pili bitmiş bir saat gibi nasıl da durduğunu.... Görüyor mudur bir yerlerde?

Babasının takım arkadaşım olduğunu ve dünyanın artık, onun acısını göğüslememiz üzerine kurulu bir oyun olduğunu fark etmiş midir? Nasıl da kötü gittiğimizi ama serçe parmağının hatrına oyunda kaldığımızı ya da... Tanrı'nın bizi onunla sınadığını ve başından beri kusursuz sandığımız her şeyin gerçekten kusursuz olduğunu mesela? Onun acısının bile kusursuz olduğunu...

Şimdi dünyanın en büyük kararını vermiş gibiyiz, iki basit insan. Gittiğin yerde kötü hissetme diye kendini ve dar gelmesin diye sana annenle babanın dünyası, barışıyoruz bugün hayalinle. Sana bir kardeş veriyoruz. Birbirimizi aziz hatıranın önünde yeniden ve en baştan seviyoruz. O rahmime düştüğünde, sen de sanki bir cemre gibi düşeceksin toprağımıza, baharı müjdeleyeceksin yeniden, bekliyoruz. Rahat uyu dünyalar güzelim, sen bize hayatı zehretmedin. Devam ediyoruz ve bekliyoruz senin devamını, bir parçan düşecek evimize, kardeşinle. Bir kardeşin olacak Duru'm... Adı en sevdiğin bebeğinin adı; bizim kadar basit ve senin kadar sade: Ayşe... Her şey yolunda, her şey senin yolunda...

O kusursuz planından ve o kusursuz serçe parmağından öpüyorum kızım. Bizi güzellikle bekle.

Bitsin Sevgilim

En güzel günlerimin içinde gölgen,
nefesin, hayalin
ve bir türlü benim olmak bilmeyen sen...
Keşke bitsen!

Sevgilim,

Çocukluğumun TRT'sindeki kıvırcık saçlı güleç yüzlü ressam gelse ve senle beni yan yana çizse şimdi. Buradan dese, bir sevda geçse mi şimdi, dağları devirebilen gerekince. Senle bana bir ev çizse mesela bacasında dumanı, bahçesinde ağacı ve göğünde masmavi bulutu olsa. Dağların arasından bir de nehir kıvrıla kıvrıla. Elini elimde çizse. Cennetimi bu dünyada.

Tarih kitaplarında okuduğum savaş sahneleri kadar basit olsa mücadelemiz mesela. Sen bir atın üstünde şehrime girsen ve şehir daha fazla kaybetmemek için beni sana teslim etse. Altın anahtarı saysan beni hayatının ve sarı saçlarım ganimetin olsa keşke... Tarih, seninle yazsa beni ve yıkılsa da efsanesi dilden dile sürecek bir anıt gibi dursam gölgende.

Dizimin ilk yarası, yaramın ilk kabuğu, bisikletimde atan vites, tepelerden yuvarladığım kar topu, dedemin dizinde masal, annemin gözünde nedensiz kaygı... Ne varsa iz bırakan hayatımda bir parçası daima sen. En güzel günlerimin içinde gölgen, nefesin, hayalin ve bir türlü benim olmak bilmeyen sen... Keşke bitsen!

Sevgilim, kuramadığımız hayat için af dile benden, kapan ayaklarıma. Hastalıklı ruhumun sahibi, sığ sularda boğulan hayallerimin müsebbibisin. Şizofrenik sancılarım basit ağrı kesicilerden medet umacak kadar hafif değil ve tıp bayramlarında ölümüm kutlanıyor nicedir inceden. Bağışladım sanma, unuttum sanma. Girizgâha bakıp mutlu son sanma! Kin kusuyorum sana oku diye aşkla başladığım mektuplarda. Seni benimle kandırıyorum, senin bana yaptığın gibi seni seninle kandırıyorum ya da. Kendini göğsümde yaralı bir güvercin sanma! Barıştım sanma zeytin gözlerinin kırılgan dalıyla! Sevgilim, kendini benim için bir şey sanma!

Kayboldum. Arama beni. Çok geç artık pişmanlık denen aldatıcı kreması için insanın. Tükür ne varsa yediğin içimden. Arama beni. Adımı çakma elektrik direklerinin, ağaçların gövdelerine suretimle beraber. Ben ki sana benzemem; bir ağacın bile canını acıtmak istemem. Sorma kimselere duymasınlar senin sesinden ve tarif gerekir de edemezsen bunun acısı yakalar beni yittiğim yerimden. Dualarını harcama benim için. Allah'ın çok daha önemli işleri vardır bir vicdanı temize çekmekten.

Güzel günler dilemiyorum senin için. İyilik sağlık

dilemiyorum. Huzuruna sonsuzluk, mutluluğuna taçlar dilemiyorum. Aptal kız çocuğu kostümümü çıkardım üzerimden. Kılıçlarımı kuşandım şimdi anılarını ayırıyorum gövdemden, göğüs kafesimin en derin yerinden.

Sevgilim, günahların affolmasın isterim ve sevapların birer küçük hesap gibi görünsün Allah'ın baktığı yerden.

Bitsin. Sevgilim, bırak bitsin!

Pişman Mısınız?

Çıktığı rahmi, indiği kalbi, kestiği dalı, bindiği salı, yaslandığı dağı, kullandığı lafı kıskandınız.

Bir şarkı söyleseniz ona bugün. Sesiniz bet, yüzünüzde hâlâ utanma var, alınıza ne mutlu. Duştaymış gibi yalnız, hastaymış gibi çaresiz değil misiniz ne de olsa? Kızarmış gözleriniz, acı yüklü bir şarkı söylemeyi taşıyabilir ya da vedanız defalarca bis[1] yapmaya benzeyebilir siz istemeseniz de. Bugün ona bir şarkı söyleseniz ve en çok siz dinleseniz yine.

Dün sevgilinden mi ayrıldın? Öyleyse...

Bir şarkı söyleseniz ona bugün....

Ayrılmanın da vahşi bir tadı var diyenler ne kadar tatmışlar merak ediyorsunuz. Yastığınızı, onu bastırdığınızdan çok bastırdınız yüzünüze bugüne dek ve onun kokusu bütün dünya markalarına denk. Çıktığı rahmi, indiği kalbi, kestiği dalı, bindiği salı, yaslandığı dağı, kullandığı lafı kıskandınız. Onu düşünmenin bünyede yarattığı sarsıntı, can

---

1*Bis : Fransızca kökenli, ikinci kez anlamında kullanılan söz.

kaybı yaşanmayan bir felaketti sizin için. Ve bir de can kaybından ne anladıklarını hep merak ettiniz. O, içinizde candı ve kaybettiniz.

Pembe olmasa da olur panjurlar, panjur olmasa da içinize açılan bir pencere, penceresi olmasa dahi bir kapalı dam, üstünüzde bir kapalı dam olmasa bile yanınızda koca bir gezegen. O, sizin gezegenizdi, uydunuzdu sizin. Siz bu hayatta en çok ona uydunuz, en çok ona denktiniz. O gitti ve bozuldu dengeniz.

Bir erkek çocuk, gözleri ona benzeyen ya da bir kız, gülüşünü ondan alan. Tıpkı sizin gibi gülüşünü ondan alan ve ne kadar alırsanız alın yine de en çok gülüş ona kalan. Çocuk olmazsa, binlerce küçük o her gün içinde doğup sağa sola taşıp savrulan. Siz en çok onu çoğaltınız bugüne dek.

Pişman mısınız? Düşman mısınız? Soracak hesabınız, alacak günahınız ne çok ve ne az size göre... Bugün ona bir şarkı söyleseniz içiniz kan ağlayarak ve bugün şerbete benzeyen o kanı akıtsanız bunca zaman içtiğiniz... Keşke yapsanız.... Keşke geri alsanız şarkılarınızı ve sevmenin makbulüne varsanız.... Bir şarkı söyleseniz kendinize bugün. Size sizi hatırlatan ve yarının var olduğunu bağıran avaz avaz!

Ben yapamadım; keşke siz yapsanız.

Ben yapamadım... Keşke siz yapsanız.

Beni Sonsuzluğa Uğurlasınlar

Ancak bir köpeğin sadakatiyle ünlü olabildiği bu dünyanın bana sonsuz gelmesi neden, bilmiyorum!

Beni sonsuzluğa uğurlasınlar. O anlata anlata bitiremedikleri sonsuzlukta neler var çok merak ediyorum. İnsanın arsız yüzü, çirkin emeli, huysuz sözleri var mı mesela? Ancak bir köpeğin sadakatiyle ünlü olabildiği bu dünyanın bana sonsuz gelmesi neden, bilmiyorum. Ya da biliyorum. Dilerim sonsuzluk dedikleri benzemiyordur buraya. Bitmek bilmeyen dünya bile sonsuz değilken orada neler neler çıkacak karşıma tahayyül edemiyorum. Geçip gitsem ya...

Kırdılar beni. Yapraklarımı mevsimsiz döktüm hep. Bir ağacın çiçeğe durması ısınır ısınmaz yerküre, bir gölün maviye kesmesi boydan boya ve güneşin ovaları sarıya boyaması nasip olmadı bana. Herkesin baktığına baktım ama herkesin gördüğünü göremedim ben. Siyah beyaz bir filtreden geçmiş gibiydi her şey hâlâ da öyle. Kişi başına düşen renk kaçtı bilmem ama belli ki benim hakkımı gasp ettiler hep.

Aşklarıma küstüm. Geride bıraktığımı sandıklarım tarafından geçildim en çok. Beni hep çabuk unuttular. Eskisini verip yenisini alır gibi bir eşyanın ya da incelmiş bağcığını değiştirir gibi bir ayakkabının. Yerime geleni kendilerinden saydılar. Benim yabancılaşmam sesin hızıyla yarışır oldu ve yerim en kötü ihtimalle rüzgarla doldu.

Dostlarıma küstüm. Benden aldıklarının yarısı kadar vermemek için yalandan duvarlar ördüler önüme. Alaycı bakışlarını sevecen gülümsemeleriyle gölgelediler. Yargılayan sorularını ilgili duruşlarıyla maskelediler. İlerlemeyeyim diye durduğum yeri, şüphelenmeyeyim diye gördüğüm şeyi övdüler. Arkamı döndüğümde sırtlan, yüzümü döndüğümde serçeydiler, kalplerini taştan devşirdiler sanki.

Aileme küstüm. "Daha iyiyle" kıyasladılar beni hep. En çalışkanla, en akıllıyla, en zenginle ama asla dengimle değil. Olduğum gibi kabullenmeyi bir meydan muharebesi gibi gördüler ve cepheler açtılar doğduğum eve. Dizinde yatmadım annemin, gururunu okşamadım babamın ve bir parçası olmadım kardeşlerimin. Kimsesizliği bir doğum hediyesi gibi sundular bana.

Kendime küstüm. Yüzlerine tükürme cesareti bulamadığım ve yıllarca aralarında bir gölge gibi yaşadığım insanların kendimden soğuttuğu kendime. Renksiz, soluksuz ve bezgin. Hayal edemeyen, gerçeği ezemeyen ve silahlarını kuşanmaya bile üşenen kendime. Sonsuzluğun tek kötü tarafı bu zaten ben yine kalacağım kendime.

Her yaşımda beklediğim ölüm, saksıdaki nazlı çiçek tohumu şimdi. Açıversin diye sabırsızlandığım ve kapatıversin diye gözlerimi. Ben hiç gün görmedim. Zamanın başka bir yerinde başka türlü bir devam filmini izleyecek gibiyim. Sonsuz bir mutlu son bekliyorum, başlangıçlardan daha sonsuz.

Beni unutacaklar çabucak, anılarıma sahip çıkmayacak kimse. Ve sanırım fotoğraflarım varsa hâlâ herhangi bir evde, en sonunda yar olacaklar şanssız bir eskiciye. Giysilerim, fakirleri sevindirse bari. Bir omzu sıcak tutsa ve bir ayağı yerden kesse. İlkokul yıllarımda doldurduğum "kalpleri kadar temiz sayfalar" için pişman olduğumu ve kirlerini sonradan gördüğümü bilseler keşke. Kusabilsem yüzlerine vurabilsem hatalarını bir bir. Sahtekârlıklarını, doyumsuzluklarını, sadakatsizliklerini, onursuzluklarını başlarından aşağı dökebilsem pul pul konfeti gibi. Sonsuzluğa varışımı öyle kutlayabilsem... Olmaz ya olur da benden sonra iyi şeyler konuşulursa arkamdan, onlar için de hesap sorabilsem mesela. Siz desem, siz neden ben hayattayken cenaze törenleri düşlettiniz bana?

Beni sonsuzluğa uğurlasınlar. Kırgınlıklarımı miras bırakacağım ve kocaman olduğunu tahmin ettiğim sonsuzlukta bu defa onlar için değil kendim için kaybolacağım. Omuzlarında yükselec ğim samimiyetsiz insanlar, beni yük saysınlar di lerim, yorgunluk versin bedenim onlara. Son anım bu olsun, intikam gibi. Hafif, yetersiz ama iç rahatlatıcı biraz da.

Beni sonsuzluğa uğurlasınlar, söyleyin o insancıklara!

Yine Sevişirim

İçimdeki hafif meşrep kimilerine göre öyle temiz ki...

Bugün kocamı aldattım. Dün de aldatmıştım, fırsat bulduğum tüm önceki günler de. Hiç pişman değilim üstelik, hiç de olmadım. Tahminimce o da beni aldatırken pişman olmamıştır, pişman olsa tekrarlamazdı sonuçta değil mi? Ben de pişman olmadığıma göre ben de tekrarlayabilirim. Düz mantıkta üzerime yok bir süredir. Ve o pişman olmuşsa bile ben pişman değilim.

Genç erkeklerden hoşlanmıyorum ben zorla değil ya? Acemi ellerini, doyan ve doyduğunda kenara çekilen bedenlerini sevemiyorum onların. Sonuç alamasa bile nabzı düşmeyen, hep azgın hep kuduruk ve beni en kötü en çirkin halimle bile kendilerine kıyasla daima harika bulan yaşlı erkekler var benim gözümde.

Enseme kıvrılan saçlarımı parmaklarıyla düzeltirken dünyanın en önemli işini yapıyor gibi davranan ve konuşan aynı zamanda, bal damlatan konuşurken, işte öyle adamları seviyorum ben. Saçlarındaki aklarla ve deforme olmuş bedenlerinde taşıdıkları, ivmesinden hiçbir şey kaybetmeyen daima tırmanan erkeklik hormonuyla o kadar başka geliyorlar ki gözüme. Konuşurken, anılarını, deneyimlerini paylaşırken bir yandan da doyurabilen o tarifsiz olgunluk hissiyle, yaş aldıkça devleşen onları arzuluyorum ben.

Hep böyle miydim bilmiyorum. Yaşıtlarımla birlikte olmuştum çünkü hep. Bekaretimi bozan çocuk benden bir yaş küçüktü. Acı duymamıştım. Hoşlanmamıştım da acı duymamaktan. Artık bir kız olmadığımı, kadınlaştığımı hissetmeyi istiyordum. Kızlığımı zayıf bir erkeğe verdiğim için hayıflandığımı hatırlıyorum. Tamam ondan hoşlanıyordum, bütün gün onu düşünüyordum ama bu aynı şey değil ki. Üzerimde daha ağır, daha hantal hatta, daha kaba birini istiyordum sanırım kadın olmak için. Neyse fena değildi yine de. Dedim ya küçüktü benden, tecrübesi yoktu. İlk defa özel bir şey yapabilmişti. Bir şey diyorum çünkü ne olduğu bugün bile belli olmayan bir şeydi. Bunu bugünkü aklımla, yenilerini deneyebildiğim ve bu koca ihtiyarları tadabildiğim için söylüyorum.

Sevgililerim, ya yaşıtlarım ya da benden olsun olsun birkaç yaş büyüklerdi. Aynı filmleri izlemiş, aynı hikâyeleri dinlemiş, aynı erkekleri aynı kadınları seksi bulmuş, aynı yollardan geçmiştik. Sıkıcılardı. Bir şey öğrenmiyordum onlardan bu nedenle de uzun sürmüyordu ilişkilerim. Duymadığım bir şey duymak, denemediğim bir şey denemek istiyordum hep. Hadlerini aşmalarını istiyordum ama hadlerini aşmayı hiç yakıştırmıyordum onlara, evet hiçbirine yakıştırmıyordum. O eğreti playboyluktan haz etmiyordum. Ben gerçekten çaresizce arzulayan ve her günü son günüymüşçesine geçirip sevişmek isteyen bir adam istiyordum. O adamın, yaşıtlarım arasında olmadığını sonunda anladım. Şirket avukatımla flört etmeye başladığımda ve onun benim gibi genç bir kadınla sevişmek için delirdiğini fark ettiğimde. Nezaketinin altındaki kabalığı ve zorbalığı gizleyemediğinde. Yaşlıydı ve bence tam bana göreydi.

Onunla arabasında seviştim. Kalbi heyecandan duracak gibiydi, emin olup olmadığımı anlamak ister gibiydi hep, karşılığında ne istersem verecek gibiydi ama soramıyordu da. Hiçbir şey dedim, yalnızca sevişmek istiyorum, istediğin gibi kullan beni. İstediği gibi kullandı, tam da istediğim gibi.

Sonrakileri bulmam da seçmem de samimiyetime inandırmam da kolay olmadı. Ama iş belledim bunu, kendimi anlatmayı ve onları riskten riske savurmayı, bu heyecanla sarsmayı iş belledim.

Kocamla birlikte oluyorum ama inanın sivrisinek vızıltısı gibi, hiç gözüme gelmiyor, hiç umurumda olmuyor. Oscarlık performansım yalnızca dikkat çekmemek için. Seks düşkünü bir kadın olduğum öylesine aşikar, gizlemeliyim başka yerde delirir gibi doyduğumu ve taştığımı ruhumdan.

Önce şirket avukatı, sonra eşimin bir aile dostlarının kardeşi, sonra kızımın okulunun eski müdürü derken dişime göre erkekler bulmam giderek zorlaştı ve riskli bir hâl aldı. Kaydolduğum bir sanal arkadaşlık sitesinde rumuzumla arayışıma uygun erkeklerle tanışmaya ve onlarla birlikte olmaya başladım. Sevişmelerimizin kaydedilmesini engellemek ve tedbir almak amacıyla buluşma yerini ve zamanını daima ben belirlerim ve adama aynı gün, buluşmadan kısa bir süre önce bildiririm. Prensip meselesi. Muamelesinden çok memnun olduğum ve o pantolonunun neresine sığdıracağını bilemediği koca malına bayıldığım iki adamla düzenli olarak birlikte oluyor, geri kalanları da araya renk diye serpiştiriyorum.

Ben yaşlı erkekleri seviyorum, babam yaşındakileri, eğer "kaldırabilirlerse" dedem yaşındakileri.

İçimdeki hafif meşrep kimilerine göre öyle temiz ki...

Düş Yakamdan

Ben, yakanda soysuzluğunla bezeli bir broştum.

Yüzüme bağırdın "İğren kendinden!" ve "Düş yakamdan!" dedin. Düşmem!

Nefreti gördüm gözlerinde. Aşağıladın ve evet başardın, senden aşağıdayım. Sevilmediğimi bağırma yüzüme, tükürüklerin değmesin gözyaşıma, kirletmesin. Ben sevilmediğimi, sevmeyenden daha iyi bilirim. Yorma nefretimle kaynayan hücrelerini. Sen başkasını seversin, ben kimseyi. Senden vazgeçtim. Sevginden vazgeçtim, merhametinden ve vicdanından vazgeçtim. Sevme beni, daha da beklemem.

Evlilik, sevda yüklü bir bohçayla gelmemişti anneme. On dört yaşındaydı henüz ve bir adamın koynunda açmıştı baygın gözlerini. Evlenmek, çocuk bedenine yorucu gelmişti. Üzerinden indiği at, tanımadığı bir erkeğin terli bedeniyle çıkmıştı üstüne. Babamı bir gün bile sevmemişti ama ona sorsan sevmişti kendinden çok. Benim geldiğim yerde kadınlar sevmek nedir bilmemişti. Kocasını sahibi bellemişti annem. Babamın sıcak sıvısından bizleri meydana getirmişti. Karnı burnunda ve yorgun tarlada. Sıralamıştı bizi, sobanın yanına. Okuduğumuz kadar okumuş, yediğimiz kadar yemiş ve düşündüğümüz kadar düşünmüştük. Her şey akışındaydı. Küçük dünyaların büyük adamları azdı ve kadınlardan büyük adam olmamıştı hiç.

On sekizindeydim beni istediğinde. Sormamışlardı bana ama sorar gibi yapmışlardı yine de. Babamın amcasının oğlu şaşıydı, senin gözlerinse iri kahve. Kabul etmiştim seni, başım sallanıvermişti şaşı olmadığına şükrederek. Yanımda durman beni utandırmayacaktı ve kendimden az bulmayacaktım seni. Ablamın kocası gibi kokmuyordun da üstelik. Yanımda dağlar gibi sarıp da duracaktın. Ama birkaç adım önden yürüdün hep, yanımda durmadın. Belki de benim sıradan gözlerimden daha güzel gözleri vardı senin aklındaki kızın. Bilemem... Tek bildiğim az buldun beni kendine hep.

Üç çocuk verdim sana. Ben verdim de sen almadın. Ne bir okul toplantısı ne bir lunapark çığlığı düştü hayatına. Sen uzaktan besledin bizi hayvanat bahçesinde gezinir gibi ve gerektikçe fotoğraf çektirdin bu pek de sevmediğin türlerle. Yedirdin doyduk, konuştun duyduk, yolladın gittik, çağırdın geldik. Saygıda kusur, sevgide küsür yoktu, her şey net ve her şey azdı. Sevilmedik. Kendimce sevdim deme, işte o dünyanın en büyük yalanı.

Beni ışıklar açıkken sevmedin hiç. Kestiğin bir tırnak gibi attın beni köşeye işin bitince. Banyoda liflemedin sırtımı ve kustuğumda kendim temizledim ardımı. Sen hayatı benimle bölüşmedin ve bana göre ayarlamadın zamanı. Beni hayal etmedin. Bir gün batımı, bir yakamoz, bir film ya da bir şarkı. Sen benimle, güzel saydığım hiçbir şeyi bölüşmedin. Az geldim sana, üstünü alıp gittin. Kaldım arkanda bozuk bir para gibi, değerimi yitirdim.

Başka bir kadın, dudakları kırmızı, saçları dalgalı kumral. Aralarda sarı ışıklar akşam güneşi gibi kızıla çalan. Yürüyüşünde tanklar var, savaşı bana açılmış. Gülüşünde sevişir gibi bir tını, seni hep yatağa davet eden. Çiçek kokan bir kadın, o koynunda yatan. Ve çiçek aldığın, bizden çaldığın her pazar.

Sinemaya gittin mi onunla? Liseli çocuklarla gibi öpüştün mü ışıklar kapanınca? Bir mağazada giyip çıkardığı giysilerle ruhun değişti mi mevsim mevsim? Ondan çocuğun olsun istedin mi hiç? Bir çocuk mesela okul korosunda güzel sesiyle şarkılar söyleyen ve kendisini izleyen babasını görünce gözleri gülen... Bir şarkınız var mı, uzak kaldığınızda birbirinizi düşünerek dinlediğiniz ya da dinlettiğiniz her gece yarısı, her sabah? Işıklar altında inceledin mi bir heykel gibi duran vücudunu henüz çocuk doğurmamış olan? Dudakların göbeğindeki delikten içeri süzülmek istedi mi? Ve birbirinize karıştıktan sonra bile çekip sardın mı onu canına? Saçlarını kuruttun mu banyodan sonra, çay demledin mi karlı günlerin kahvaltılarında? Sancısı varken çoraplarını giysin diye çattın mı kaşlarını ve kızamadığın için güldü mü sana? Gülüşünde dünyalar senin oldu mu? Ya da dur bak neyi soracağım sana; sen hiç onun oldun mu? Sen sevdin mi onu?

Sevdin. Sevildin. Şimdi "düş yakamdan" demen bundan. Ama bu kadar basit değil bir hayatı mahvetmek, bu kadar da olmamalı insanı bir yokluğa terk etmek!

Sevme beni, istemem! Sen nasıl vazgeçtiysen en başından, ben de –günaydın bana- vazgeçtim işte senden. Ama düşmem yakandan. Ben, yakanda soysuzluğunla bezeli bir broştum. Yalnız büyüttüğüm çocukların intikamı duruyor şimdi yanan ciğerimde. Ben ciğerimi sen yanmadan söndürmem!

İğren benden. Sinir bassın bütün hücrelerini. Boyuma ulaştırdığım o üç çocuk bir cellat gibi alsın kelleni rüyanda ve yeni çocuklar için tohumun kalmasın! Dünyaya atacak bir kötülük tohumun daha kalmasın içinde. Sevdiğin o kadın, gün gelsin başkası için sevilmeye delirsin. Benim geçtiğim yollardan geçsin ayak sesin, geçsin de duyulmasın.

Sevda yüklü bir bohçayla gelmedi bana evlilik, kaderim annemden. Kaderim çocuklarıma geçmesin ve sen dilediğin kadar nefret et benden. Bu ev benim, bu hayat, bu acı ve bu direnç benim, birden ateş gibi başıma yükselen.

Düşmem yakandan.

Kirlendim

Kirlenmeseydim çocuk kalırdım ne güzel...

Yaşım on dört. Aylardan temmuz. Bu yıl ilk defa pasta yapmadı annem yaş günüm için. Belli ki kutlanmaması gereken bir yaşa girmişim. Dantelli çorabımı terk edemedim henüz her nedense artık yakıştırmıyorlar bana ama güç bela giyiyorum yine de sakladıkları çekmecelerde bulup. Eteğimin boyu, tıpkı benim gibi uzadı. Ben uzayınca o kısalır sanıyordum ama anladım ki hayatta ters orantının başladığı yere gelmişim. Değişen şeyler oldu. Çocukluğum aynı kalır sanıyordum ama beni terk eden ilk o oldu. Belki de göçe zorlanan, kim bilir?

Babamın eve gelişinden çok önce çağırıyor annem beni eve. Ve herkesten çok sonra ayak altında dolaşmayayım diye salınıyorum sokağa artık. Annemin kaşları hiç olmadığı kadar çatık. Sesinde bir komutan kararlılığı seziyorum ve kendimde benim bile bilmediğim ama onun gördüğü bir tehlike. Oğlan çocuklarıyla arkadaşlık etmem kati suretle yasaklandı. Kız çocuklarıyla ip atlamam da öyle. Oyun oynarken sallanmasın diye birer küçük yumru olan memelerim, sıkı atletler, penye sütyenler giymem icap ediyor. Lastiklerine alışamadığım ve sokakta düzeltmemin büyük bir suçmuş gibi uyarı hak ettiği tuhaf içlik giysiler. Bir yandan alışmaya çalışıyor, bir yandan da annemin sütyeninden çıkarıp pazarcılara uzattığı paralardaki serbestliği düşünüyorum. Hangi yaştan sonra serbest oluyor memelerin cüzdan muamelesi görmesi? O günlere çabucak gelmeyi umuyorum.

Saçlarım sıkı sıkı örülüyor diplerinden çekilip. Annem tarama işini artık bana bırakılacak ve bıkılmış bir vazife gibi yapıyor. Terlediğimde köşedeki çeşmenin başında ıslattığım başım ne söylenirse söylensin kabul edip sallanmakla mükellef şimdilerde. On dörtüncü yaşımın bana ne getirdiğini anlayamıyorum. Büyüdüğüm içinse büyümeyi sevmiyorum. Bundan sonra büyümesem diyorum keşke. On dört böyleyse on dokuzu hayal edemiyorum. Ama sonra başka şeyler düşünüyorum birden, karışık şeyler.

Geçen sabah ilk kez kan gördüm külotumda. Kirlenmişim, öyle dedi annem ve okkalı bir tokat yedim korkudan bembeyaz kesilmiş yüzüme. Nasıl temizleneceğim, nasıl temiz kalacağım ve nasıl boy abdesti alacağım öğretildikten hemen sonra başka bir tokat daha vuruldu yüzüme; "Çocuk değilsin sen artık!" Belli ki kendimi kanatmakla hata etmişim. Bilsem kanatmazdım ama zaman da alınmıyor ki geriye.

Annem de kanamış, öyle dedi bana. Anneannem de aynısını ona yapmış ben de kızıma yapacakmışım ileride. Annem bilmek zorunda değil ama tokat atmam ben belki. Onun yerine canını acıtmayacak bir şey bulabilirim gibi geldi düşününce. Saçını çekebilirim mesela, kara kedi görünce çektiğimiz gibi. Ya da kafasına hafiften vurur gibi yapabilirim, soran olursa hak etti ve tokadını attım derim. Büyümeme daha çok var gerçi, bunlara büyüyünce karar veririm. İlle de gerekiyorsa ve bütün iyi anneler yapıyorsa ben de yaparım ya da. Sütyenlerin daha az sıkanı da yapılırsa o güne dek kızım hepten rahat eder. Ne gülünç değil mi, daha şimdiden çocuğumun kirleneceği günü düşünüyorum. Ben bile yeni kirlenmişken.

Erkekler de kirleniyor mu diye sordum anneme, kirlenmiyorlarmış. Onlar da boy abdesti alıyorlarmış ama bizimle aynı sebeplerden değil. Sebepleri soramadım çünkü bu konuşmanın yettiğini söyledi niyetimi sezer gibi. Ne kadar şanslılar, hayat boyu temiz olacak ve öyle kalacaklar. Bizse hamileliğimiz ve yaşlılığımız dışında hep kirlenecekmişiz. Vücudumdan kan gelirken ağrım olması normal, bunu biliyorum, annem anlattı ve şekerli kant yapılmasını da öğretti ağrılarım dinsin diye ama filmlerdeki gibi kan kaybından ölmekten korkuyorum yine de. Zamanında müdahale edilemezse ve sürekli büyürsem hele, yandığımın resmidir.

Büyümenin hoşuma gitmediğini söyleyemem, hatta okul açıldığında bunu diğer kızlara söylemek için sabırsızlanıyorum. Ama en azından okul açılana dek çocuk kalmak ve böyle kabul görmek isterdim galiba. Yazları çocuk olsak mesela, kışları ise büyük, nasıl güzel olurdu kim bilir?

Kanadığım sabah daha çok sevmiştim büyümeyi, şiir yarışmasında derece almışım gibi gelmişti. Ama zaman geçtikçe yani birkaç sabah öncesinden bugüne bu kısacık zamanda bile çocuk olmam yavaş yavaş yasaklandı. Ve doğrusu büyükmüş gibi yapmak bana geometri sorusu çözmekten bile zor geldi nedense.

Yaş günü pastam olacak sanmıştım, gördüğüm o eteği alacağız sanmıştım, kafamı çeşmenin altında ıslatırım sanmıştım, babamı yolda ben karşılarım sanmıştım, oğlanlarla saklambaç oynarız sanmıştım, ip atlar kedi kovalarız sanmıştım. Annemin küçük kızı kalırım sanmıştım. Beni hep sever sanmıştım. Şakalarıma güler, muzırlıklarıma yalandan kaş çatar sanmıştım.

Kirlenmeseydim çocuk kalırdım ne güzel...

Yol ve Yoldaş

Ve aptallık,
başlarda potluk yapacak mı diye tedirginlik yaratan ama zamanla üzerime tam oturan bir elbise gibiydi.

Yola inanırım ben. Yola inanan, yoldaşlığa da inanır. Belki de yoldaşlığa olan inancından, ihtiyacından yola inanır insan. Tanrı'ya iyi bir yol çizmesi için yakarmanın içinde iyi bir yoldaş nasip etmesi de vardır. Bir yumurta-tavuk ilişkisi anlamak yıllar alır, yollar alır, bazen yoldaşlar da alır. Alır götürür...

Yoldaşımdı o benim. En güzel günlerimin ona da değmesi için dua ederdim ve her döndüğümde arkamdaydı, dualarım değerdi bilirdim. Aynaya baktığımda kendi yüzümün gölgesinde onun güzel yüzü vardı. Nedensiz mutsuzluklarımın bitiş noktasında gülüşü ve bölüşmek için beklediği keyfi vardı. Omzunda ağlamanın basit tabirlerine değinmeyeceğim, o bizzat omzumdu zaten. Yüklenirim. Bir parçam daima ona güvenirdi geri kalan parçamsa ona inanan kendime. Tek başımıza beş para etmedik ki. Etseydik dünyaya dostumuzla birlikte düşmezdik ki... Dostumdu.

Hayatımı bir başkasıyla birleştirmeye karar verdim. Ailemi, dostlarımı, günlerimi, geleceğimi, ellerimi, kalbimi ve yumurtalıklarımı hatta paylaşmaya karar verdim. Aynı yolda yürüdüklerime bir gönül eşi kattım, sevdayı tattım. Özeldi.

Yıllar yorgunluklar getiriyor. Geçimde kaygı, farkta saygı, taşta duygu yaratıyormuş meğer. Yaşadım da öğrendim; değişiyor gelişiyormuş insan. Öğreniyor, unutuyor, bağışlıyor, pişman oluyor, değer veriyor, değerleniyormuş öldüm de öğrendim.

Aynı yatak, aynı sofra, aynı kaygılar, aynı mutluluklar, aynı hüzünler, koca bir aile, koca birer kalp birbirine süründükçe kıvılcım saçan. Çok sevmiştik. Çok seviştik. Ve dünyanın en büyük mucizesi, bir yol buldu kendine, ondan benim rahmime. Anne olmak... Yeniden aşık olduysam bundan. Dünyanın en kutsal hediyesini alan tüm minnettar kadınlar gibi. Ama gerisi tüm şanslı kadınlar gibi değil.

Bir yuva yaparken, erkek kuş fark etmeden incelikleri, dostum vardı. Bir hayal kurarken, erkek düşünmeden üstüne, dostum vardı. Bir gerçeği işlerken, erkek uzağındayken detayların, dostum vardı. Evlenirken, eşlenirken, anneleşirken, pişerken, soğurken yeniden, düşerken yere ve yükselirken göğe, dostum hep vardı. Ailemin bir köşesinde ve çoğunlukla başımın üstünde.

Anne oldum demiş miydim? Tanrı'nın bir mucizesini kucakladım acılar içinde. Daha fazla sevecek bir şeyim ve daha fazla sarılacak hayalim kalmadığını. Çocuktan al derler ya haberi, hayatımın haberini ondan aldığımı ya da. Söylemiş miydim?

"Babam, teyzemi dudağından öptü" dediğinde sahip olduğum tek mucizenin hayal gücüne sevineyim mi üzüleyim mi bilemediğimi hatırlıyorum. Tüyleri diken diken eden bu sahneyi de hangi filmde görmüştü? Televizyon saatlerini daha da azaltmalı, kadınla erkek arasındaki ilişki hakkında vakitlice konuşmalıydım onunla. Yalnızca anne babalar dudaktan öperlerse birbirlerini, yaşı şimdilik bu kadarını öğrenmeye müsaitti. Sevgililiği de büyüyünce öğrenecekti ve ben onun o günlerini de görecektim, gözlerim doluverdi.

Babasıyla teyzesinin böyle bir şeyi masum bir çocuğun ağzından duysalar da kırılacaklarını anlatamazdım ki ona. Yaptığının yanlışlığını bilmeli ama kendini suçlu da hissetmemeliydi. Ah! Benim güzel çocuğum, iftirayla gerçek arasındaki o ince çizgiyi benden önce fark etmen ne acı.... Ah! Benim narin çocuğum, sevdiklerinin birbirini sevmesinde gördüğün kötülük için ne kadar da erkendi...

Yanılmıyordu, çok geçmeden öğrenecektim. Hayatımın her anının inşaasında benden çok emeği olan dostum, benden önce bile vardı. Kocam için! Hayat arkadaşım için... Aralarındaki engelleri benimle gölgelemişlerdi. Bir arada olmak için beni paravan seçmişlerdi. Dostum, sevdiği adamın seviştiği ve birlikte yaşadığı beni kıskanacak kadar dahi ciddiye almamıştı yıllar içinde. Beni, sevdiği adama resmi yollardan sahip olduğum halde tehlike olarak görmemişti. Beni saf dışı bırakmaya dahi çalışmamıştı. Benim hayat arkadaşımdan, kendi canı gibi emindi. Kendi kirli aklı kadar. Kendi kararmış kalbi kadar emindi. Ve aptallık, başlarda potluk yapacak mı diye tedirginlik yaratan ama zamanla üzerime tam oturan bir elbise gibiydi. Giymiştim ve aynalara bakınca beğenmiştim kendimi.

Geride bıraktım onları. Utançlarıyla bıraktım, utanırlarsa. Yediklerimi kustum ve yürüdüm kendi yoluma. Eridim, kaşık gibi kalan suratımla yeni aynalara bakmayı seçtim. Hayal gücünü hayra yormadığım, bilmese ve anlamasa da en az benim kadar aldatılan mucizemle, evladımla. Yol benim.

Yol benim, yoldaş benim. Yarı yolda bırakmayanı da vardır bir yerde. Ya da gerçekten benimle çıkan yola. Vardır bir yerlerde. Yürüdüğüm yolu altımdan çekmeyen ve adımlarımı geri sardırmayacak asla. Biliyorum yola inandıkça yoldaşa da inanmak lazım. Dünüm gitti, yarınım lazım. Mucizem yanımda, gerçeğim lazım. Aklım başımda, kalbim de lazım. Zaman bu, yollar açar, yoldaşlar katar soluma.

Geride kalanlara ise var bir çift sözüm; yolunuz yönünüze yakışır olsun, yolum yönüme alışık olsun.

Zamansız Sevmek

Aşk, başıma geldi
ve başa gelen çekildi.
Bu kadar basit işte... Zamansız ve amansız...

Zamansız sevdim ben. Benim olmayana el uzatacak ahlaksızlıkta ve benim olmasını akılsızca isteyecek çaresizlikteydim. Kim suçlanabilir ki aşkı için? Aşk, bir seçim değil, "başa gelen" ve başa gelen çekilir. Büyüklerimizin önce söyleyip sonra inkâr etmesi ne acımasız...

Babam bizi bıraktığında ben dokuz yaşımdaydım, kardeşimse altı. Okula gittiğim ve annemin gözyaşlarını belli bir saatten sonra ancak ödevlerden başımı kaldırdığımda gördüğüm için şanslıydım. Uyku saatini dört gözle beklediğimi ve uyumamak için hiç direnmediğimi dün gibi hatırlarım. Bakımsız saçları ve sınıf arkadaşlarımın annelerinin aksine renksiz yüzüyle annem, bana biraz suçlu görünürdü hep. Ben onu okuldaki toplantılara götürmek istemiyorsam babam da uzaklara götürmek istememiş olabilirdi. Sanırım ne kadar kızarsam kızayım ben de daha iyisini layık görüyordum babama. Ama diyordum, biz de daha iyi bir anne hak ediyoruz, bizi de alsaydı yanına. Annemi ne kadar zaman anlamadım bilmiyorum ve gitmek isteyenlerin bahanelerinin çokluğunu ne zaman fark ettim?

Sabahları saçları güzelce taranıp iki yandan iki belik örülen, lavanta kolonyasıyla boynu ve elleri ovulan, yakası daima kolalı, külotu dahi daima ütülü, pijamaları bile günlük giysileri kadar özenli bir kız çocuğuydum. Düşünüyor ama babamın beni bırakması için bir sebep bulamıyordum. Kardeşim biraz mızmızdı ama ona kirli ya da bakımsız demek de acımasızlık olurdu. Çok güzel ve akıllı konuşuyor, yaşının üzerinde zekası olduğu için herkes tarafından övülüyordu. Karnem daima iyi olmuştu benim de. Sınıfta okumayı ilk söken de bendim. 3. sınıfa dek sınıfa başkanlık eden de. Babam bizimle övünmüş müydü ya da görmediğimiz kusurlarımız onu bezdirmiş miydi bilemiyordum. Ama söylese düzeltirdik.

Annemin hukuk fakültesini babamla evlenebilmek için bırakması, annem için pişmanlık, babam içinse övünç kaynağı olmalıymış gibi gelirdi bana. Ama tam tersiydi nedense. Annem bunu büyük bir fedakârlık ve kadın olmanın bir gereği gibi, babamsa bir irade zayıflığı ve eksiklik olarak görürdü sanki. Bugün ifade ettiğim sözcüklerle ifade edemezdim o gün elbette, ama hissettiklerimin tam karşılığı buydu. Annem, bir kadın olarak üzerine düşeni yapmış, babam ise bir kadın olarak kendi üzerine yatanı seçmişti. Yıllar sonra anladım. Pasiflik, kendini hafife alma ve dahası salma, babam için terk etme sebebiydi, annemse bunun daima minnet duyulacak bir şey olduğu yanılgısıyla gençliğini babama verdi.

Birkaç ay çok zorlandık. Yediklerimizi yiyemiyor, giydiklerimizi giyemiyorduk. Eve yeni bir şey alınmıyor ve yeni bir soluk gelmiyordu. Annem solmuştu. Eskiden solgun zannettiğim annem meğer ne renkliymiş diyor ve onu beş dakika suçlasam altıncı dakika korkunç bir vicdan azabı duyuyordum. Sadece zevk aldığı için bize diktiği elbiseler, artık karnımızı doyurur olmuştu. Daha küçük bir eve taşınmamız gerekiyordu çünkü babam evimizi bizi terk etmeden önce satıp parasını kendine sermaye etmişti. Yeni bir hayat kurmak da yeni bir iş kurmak kadar sermaye istiyordu besbelli. Ev, okul ve ruh değiştirdik.

Kardeşim okula başladığında anneannem bize düzenli olarak para yollamaya başladı, dedemden sonra evlendiği adam bizi evinde istemiyor ama maddi yardımda bulunmayı kabul ediyordu. Sevap hanesine atılacak çentikler hacıyı cezbediyordu neyse ki. Annem çalışamayacak duruma geldiğinde ki gözlerinde görme kaybı başladı ve durdurulamaz biçimde hızlı ilerledi, ben liseyi bitirmek üzereydim. Henüz kırk dört yaşındaydı ve saçları bembeyazdı. Altmış yaş görünümlü bu kırk beş yaş kadınıyla yıllar önce barışmıştım. Onun suçu olmadığını anlamış ve babamın bilmem kaçıncı sevgilisiyle kıydığı nikâhın haberini onun dizinde televizyon izlerken almıştım. Gözyaşı, yanağıma düşmüş ve oradan kalbime inmişti. Öyle bir adam için hâlâ üzülen annem, bana aptal gelmişti. Aptal kadınlar bu tür sonlara layıktır diye sarsmak istemiştim onu, bas bas bağırıp bizi içine çektiği bu kuyudan çıkmak istemiştim. Mutsuzluğu seyretmekten daralan içimde ne varsa dışarı atmak istemiştim. Yapmadım. Ama ağlamadım da. Erkeklerin ağlamaya değecek varlıklar olduğunu düşünmüyordum. Onlar, basit, röfleli, makyajlı ve aptal kadınları severlerdi. Servetlerini onlar için harcar ve çocuk yapmayı meziyet sayarlardı. Babam için ağlamadım.

Lise hayatım boyunca aşırılıklarıyla tanınan biri oldum sanırım. Okul eteğim kısa, dudaklarım parlak, saçlarım havalıydı. Yüksek sesle kahkaha atmayı seviyordum, herkesin dönüp bana bakması, bana orada olduğumu hissettiriyordu. Çünkü herkesin orada olduğu bir yerde orada olmanın fark edilmeyeceğini ve eğer fark edilmeyecekse orada olmamın zaman kaybı olduğuna inanıyordum. Fakir oğlanlarla arkadaşlık etmekten hoşlanmıyordum, okula yürüyerek gideceksem ya da gazozumu hep kendim alacaksam kızlarla arkadaşlık etmem kafiydi. Erkeklerin varlığı ise benim için hem neşe hem de jest kaynağıydı. Herkesin sevgili olmak istediği türden biri miydim bilmiyorum ama herkesin arkadaş olmak ve samimi olduğunu vurgulamak istediği türden biriydim. Derslerim kötü değildi ve bir kız öğrencinin hem uçarı hem de çalışkan olması, evde kalmış kadın öğretmenlerin buluttan nem kapan tavırlarına ket vuruyor, dillerini kısa tutuyordu.

Annem bana hiç karışmadı. Giydiklerim, yaptıklarım, gezdiklerim onun için pek çok şey gibi görünmezdi. Kardeşime de bir proje kadar eğilmiyordu ama en azından bire bir ilgileniyor ve bu sorumluluğu yetişkin olmayı o kadar da sevmeyen bana bırakmıyordu. Anneannemi kaybetmiştik ve annem, ondan kalan eve taşınmak için her nedense dört yıl beklemişti. İçi dökülen bu ev, bizim için küçük bir mezar değişikliği gibiydi. Yavaş yavaş toparlayacaktık ama sanırım hiçbirimiz orada ilelebet yaşamak fikrine sarılmamıştık.

Liseyi bitirir bitirmez evlenmek istiyordum. Zengin biriyle evlenecek ve sevilmesi gerektiğini düşünmediğim kocamla mutlu bir hayat sürecektim. Çocuk falan da istemiyordum. Kendimden de biliyordum ki çocuklar, anne babalarının nasıl insanlar olduğu, onlar için neler yaptığı ya da yapmadığıyla ilgilenmiyordu, ilgilenseler de bu anne ve babalarda bir karşılık bulmuyordu. Okul müdürünün oğluyla revirde öpüşmüş ve o aptal oğlanın bunu bir namus meselesi olarak görmesi ve beni sahiplenmesi için dua etmiştim. Belki başka bir kızda duruma böyle bakar, onu sahiplenirdi ama bende yalnızca az bulmuş ve başkalarıyla neler yaptığımı merak etmişti. Demek ki daha fazlası şarttı. İşte başkalarıyla neler yapacağım o gün o soruyla belirlendi.

Üniversiteye başladığımda amacım meslek sahibi olmak mıydı bilmiyorum. Sanat tarihine hiç ilgi duymadığım düşünülürse antikalarla dolu kocaman bir evim olması için sanat tarihi okumuş sayılabilirdim. Antikaların parasını ödemek içinse zengin bir koca gerekiyordu ve benim tek amacım buydu. Aşk da bana kalırsa antikaydı ve ben parasız edinilen bu antikayı o kadar da değerli bulmuyordum.

Bir müzayede evinde staj yapmaya başlamış ve tanımak istediğim tüm adamları bir yolunu bulup tanımıştım. Gecelik eğlencelerin karşılığında para almak basit kadınların, hediye ve mücevher almaksa benim gibi kadınların tarzıydı. Hafif meşrepliğin kaliteli hali. Bugün rahatlıkla böyle adlandırabiliyorum.

Onunla tanıştığımda artık bağlı bulunduğum galerinin yurt dışı çalışmalarından birinin reklam projesini yürütüyordu. Ofisin bir odası kendisine geçici olarak tahsis edilmiş ve tüm imkânların seferber edilmesine karar verilmişti. Herkesin aklını önemsediği bu adam bana daha çok bir yatak arkadaşı gibi geliyordu. Üstelik o kadar ilgisiz ve soğuktu ki sanırım karşılığında alacaklarım anlamını yitirmişti.

Odasına elimde dosyalarla gidip tamamen kafamdan uydurduğum bir sorunu anlattığımda, gömleğimden taşmak üzere olan göğüslerime göz ucuyla bile bakmadı. Eşcinsel olsaydı duyardım. Dikkatle dinlemiş, bu tür bir sorunun daha önce yaşanmadığını ve kendisi bu işin başında olduğu sürece yaşanmayacağını garanti ettiğini söyledi bana.

Ben de ona onunla mutlaka yatacağımı garanti ettim, içimden. Parmağındaki alyans adeta projemin başlangıç çizgisi oldu o dakikadan sonra. Masasının üzerindeki çocuk fotoğrafı sevimliydi ama sevimli çocukların babaları da biraz eğlence isterdi. Karısını merak ettiğimi hayal meyal hatırlıyorum. Bunun bir zayıflık olduğunu düşündüğümden merakımın ayrıntılarını silmiş olabilirim zihnimden. Uzun boylu, sade ve zarif bir kadın olduğunu öğrenmem çok sürmedi. Çünkü koridorda etrafa bakınan kadını karşılamak için koşar adımlarla ve gülümseyerek yürüdüğünü gördüm aynı gün. Belinden sıkıcı tutup sol şakağından öptü onu. Tam da kurşun sıkılacak yer.

Kardeşimi eğitim için üç yıllığına Londra'ya göndermiş, annemi ise görme engellilerin titizlikle bakıldığı bir rehabilitasyon evine yerleştirmiştim ve sonra da küçük dairemi değiştirdim. Yeni evim geniş bir teras katıydı ve dekorasyonum eskisinden çok daha yalındı. Bunu kimi etkilemek için seçtiğimi ise kendim dahil kimseye söylemedim.

Projenin sonlanmasına dek ne kadar çırpınırsam çırpınayım toplu yenen kutlama ve toplantı yemekleri hariç ofis dışında hiç zaman geçiremedim onunla. Bazen saçlarımı dağıtıp yeniden toplarken izlendiğimi hissettim ama emin olamadım hiç. Şimdiyse eminim. Hiçbir şey birinci ağızdan öğrenmek kadar haz vermiyor.

Endülüs'teki sergide galeriyi temsil etme işine gönüllü oldum ve onunla hâlâ mucize saydığım ilk seyahatime çıktım böylece. Havaalanına dek arabayla bırakan karısı, elimi sıkarken ufacık bir kıskanma belirtisi bile göstermedi. Ama gününü görecekti. Kusursuz kadınların bu akıl almaz kibrinin ne yataklarda ne de spermlerin koşusuyla söndüğünü bilmiyordu. Ona karşı nasıl bir strateji belirleyeceğimi bilemiyordum çünkü onca zaman hiçbir parlak fikrim sonuç vermemişti.

Bazen en doğrusu ne istediğini söylemektir diye düşündüm. Eğer kabul görmezse ısrarcı olmamak ve bu isteğin onun ruhunda yarattığı patlamanın onun isteğini harekete geçirmesini beklemektir. Bazen çok akıllıca davranıyorum. Kokteyl sonrası odalarımıza döndüğümüzde, tam da kapımın önünde ondan başka hiçbir şeyi düşünemediğimi söyledim ona. O ise basit bir film repliği gibi, bunun iyi bir fikir olmadığını. Yine o basit filmlerde sonraki sahne yatakta başlar ama sanırım o an bunu bilmiyordu. Özür dileyerek odama girdim ve ertesi gün hiçbir şey olmamış gibi davranmakla utanmış gibi davranmak arasında arsız bir oyun oynadım. O gece odama yalnız girmedim, geri geri giden ayakları, çok değil birkaç saat sonra ayaklarımla sarmaş dolaştı.

Yatakta nasıl davranacağım konusunda da kararsızdım. Ya çok iddialı olup onu, hayatındaki eksikleri tamamlayarak etkileyecek ve tutkuyla kendime bağlayacak ya da deneyimsiz ama onun çarkında savrulan aşık bir kadını oynayarak bu ilişkinin devamına sürükleyecektim. İkisi de olmadı.

Ertesi sabah uçağa binerken iki yabancıydık ve tek yaptığı benden özür dilemek, ailesinden söz etmek oldu. O kadından nefret ediyor ve onu alt edebileceğimden emin olmak istiyordum. Olamıyordum.

Bir sonraki adım neredeyse iki hafta sonra ondan geldi. Üstelik ofiste ve ondan beklenmeyecek bir aşırılıkta. Elini mahrem yerlerimde gezdirip "özlüyorum" dedi. Gece benimleydi. Kusursuz denilebilecek bir geceden sonra hâlâ ailesinden bahsedebilen bu adamın aptallığı da bir anlığına canıma yetti.

Sonraki hamlem, onu hiçbir şeye zorlamayacağıma, ondan hiçbir beklentim olmadığına ikna etmekti. Doğrusu da buydu ve işe yaradı. Adam bugüne dek elde ettiğim her şeyin aksine sade ve duyguluydu. Bana mücevher almayı kaba bulacağından ve sevgi sözcükleri söylemek için epey bekleyeceğinden emindim. Öyle de oldu.

Ailesiyle hiçbir tatilini ihmal etmedi, akşam altıdan sonra telefonla asla iletişim kurmadı ve haftanın dört günü mutlaka benimle seks yaptı. Emeklilere özgü bu düzen nedense ona yakışıyordu. Dört hafta sonunu ailesiyle beşinciyi benimle geçirdi. Korunma yöntemi prezervatif ve en büyük fantezisi küvette seks yapmaktı. Sabahları ofisten bir bahaneyle çıkıp bana gitmeyi de seviyordu. Kısıtlı zamanlarda sevişmenin onu bana bağladığını hep hissettim.

Bende kaldığı gecelerde kendimi evli hissettim. Birlikte yemek yapan, film izleyen, müzik dinleyip dans eden ve saatlerce sevişen yeni evli ve hevesli bir çifttik biz. Geçmişte yaşadığım ilişkilere dair sorular sormaya başlaması dokuz ayı buldu. Galerinin hemen hemen bütün devamlı müşterileriyle yattığımı ve bunun karşılığını ziyadesiyle aldığımı, oturduğum dairenin de geçtiğimiz yıl kaybettiğimiz, ortak tanıdığımız olan bir kodamanın küçük bir armağanı olduğunu söylemedim. Kardeşimin eğitim masraflarını karşılaması için ortak tanıdığımız olan bir amcaya aylar boyunca oral seks yaptığımı da tabi. Ama şimdi onunlaydım. Her şeyin geride kaldığını hissediyor ve bir yandan mutlu hissediyor bir yandan da teslim olmanın korkusunu yaşıyordum.

O gün geldi. Ben, bana fark ettirmeden tükenen tahammülümü, o da yine bana fark ettirmeden tükenen cesaretini unuttu. Dönüp gideceği yer belliydi ve ihanet, kendini değersiz hissettirir olmuştu ona. Kızına karısına sarılmak istiyordu. Af dilemek istiyordu, benden bahsetmeden ama onlardan da vazgeçmeden af dilemek. İçten içe öyle. Af dilenecek ne olduğunu söylemeden. Bense benim olmasını istiyordum. Geride bıraktığım bütün adamları ve yatakları unutmak, pahalı hediyelerin ucuzluğundan ilelebet sıyrılmak istiyordum. Evlenmek istiyordum onunla. Başka birine ait olması öyle saçma geliyordu ki sanki kocamın elimden alındığına inanıyordum ama bu kadın, basit bir çocuk zırvasıyla sevdiğim adamı elimden aldı.

Kapı zilimde adını görmek istiyordum. Diğer

evinde kalan gömleklerinin benim evimde kalan pantolonlarına uymasından, karısının taktırdığı spiralden, kızı ateşlenince koşup gitmesinden tiksiniyordum. Bana ait olanın bir parçasının başkasına ait bir alanda olmasından nefret ediyordum. Her parçasını kendime istiyordum artık. Korktu benden. Bunları isteyeceğimi hissettirmek hatasına düşünce ben, geçici olduğumu anımsamak ve anımsatmak gereği duydu besbelli. "Seni seviyorum ama baştan beri biliyordun sonumuz olmadığını!"

Sonum olduğunu bilmiyordu. Azalarak bitti, kendini azaltarak gitti. Acı dolu mesajlar yolladım önce, sonra küfür dolu ve en son da özür dolu mesajlar. Cevap vermedi.

Anneme benzedim sonra. Taranmamış saçlarım ve soluk yüzümle babamın geride bıraktığı kadın oldum, yeniden, yirmi dört yaşımda.

Ve en sonunda eskiden yaşadığı ülkeye dönerken, ben de dahil tüm geçici heveslerini bırakırken burada, iki satır yazdı bana, belli ki veda niyetine ve bir vicdan muhasebesinin sonucunda "belki başka bir zamanda tanışsaydık sen ilelebet olurdun hayatımda. Ama artık imkansız zamansız sevdin beni." Keşke "zamansız sevdim" deseydi. Demedi. Gitti.

Hayatımda sevdiğim ikinci adam, ilk adam gibi gitti. İlki benim gibi olan birine, ikincisi benim gibi olmayan birine gitti. Ve ben yeniden anladım ki bahane çok gitmeye niyet edene.

Zamansız sevdim. Ahlaksız, tutarsız, inançsız ve

sabırsız sevdim.

Her şeyimle sevdiğim ikinci adam, bundan sonra seveceğim tüm adamları öldürdü bende. Aşk, başıma geldi ve başa gelen çekildi. Bu kadar basit işte. Pahalı bir hediye gibi kaldı ömrümde, ucuz heyecanların aksine. Zamansız ve amansız…

Dostum

Okulun bahçesine
kendi rızasıyla gömdüğüm o kız,
benim dostumdu.
Mezarı içimde, çiçeği soluk

Yatılı okulda okumanın en güzel yanı, paylaşmayı öğrenmektir. Böyle söyler Müdire Hanım her bayrak töreninde. Tarağını, ağdanı, kıyafetlerini, pedlerini, tokalarını, duygularını... Sevdiğin oğlan için sancı çekerken seni anlayan insanların olduğunu bilmektir. Bugün sana, yarın onlara olduğunu bilmesidir herkesin. Kavga etmektir. Olmayacaklar şeyler için, olmayacak biçimlerde. Gözüne bir iki kişiyi kestirip sevmemektir onları. Seni sevenlerin de onları sevmemesidir. Çocukça kavgalara tutuşmak, büyümüş gibi mahkemeler kurmaktır. Dünyayı, o çok yataklı binadan ibaret sanmak, yaşarken farkına varamadığınız bir lükstür aslında.

Geceleri tuvalete gitmeye korkardı Mine, o baskın tavrının tek kusuruydu bu sanki. Ya beni ya İnci'yi uyandırırdı mutlaka. Elimizde Karaköy'deki seyyar satıcılardan alınmış bir fener, kıkırdıyarak geçerdik koridorları. Gözlerimiz yarı açık yarı kapalı, şarkılar mırıldanırdık. İnci'nin annesi o yaz vefat etmişti, acısı taze ve sabrı şaşırtıcıydı. Annelerimizle ilgili anılarımız bir süreliğine rafa kalkmıştı. Yaşımızdan beklenmeyecek kadar olgun ve yine yaşımızdan beklenmeyecek kadar çocuktuk. Geceliğimin ucu, merdivenin topuzuna takılırdı ve haftada en az iki kere düşerdim, değişmez ve saçma bir rutin. Olmasına alıştığımız her şey bir parçamız gibiydi. Yadırgamazdık.

Mine'nin saçlarını kestirmek için izin isteyecektik ama modele karar vermek aylarımızı almıştı. Bendeniz'in saçları favorimizdi o yıl ama sanırım Müdire Hanımın dönüşte bizi görmemesi hayrımızaydı. İddialı sözlerine, giysilerine, saçlarına alışılmıştı aslında. Laf olsun diye uyarırlar ama tekrarının, Mine'nin karakterinin de bir parçası olduğunu bilirlerdi. İnci'nin saçları doğuştan kuaför eseriydi sanki, bukle bukle ve sapsarı. Bütün kızlar onu bir parça kıskanırdı. Göğüsleri hiçbir giysinin bastıramadığı kadar dik ve yuvarlak, kalçalarıysa yüzünden önce bakılacak kadar biçimliydi. Çok güzeldi İnci. Erkek öğretmenlerin ona yalnızca bir öğrenci gözüyle bakmadığına bahse girebilirdik. Ama yalındı. Kimseyi etkilemeye çalışmaz ve vücudunu bir şans gibi değerlendirmezdi. İstese fazladan notlar alabileceğini, biraz yakın davranmasını yeteceğini söylerlerdi hep. Hele de matematikçiye. Aldırış etmezdi bu basit imalara, güler geçerdi. Hak ettiğinden fazlasını istediğini görmedim hiç. Benim aksime.

Mine, âşıktı. Yüzü çilek tarlası gibi sivilceli ve bakışları, kime neye olduğu anlaşılmayacak kadar rotasız uzun ince bir oğlan. Bir sınıf büyüktü bizden. Ama aklı geriden geliyordu bize kalırsa. Saçlarını kestirmeyi de dikkat çekmenin yeni bir yolu olarak görüyordu belki bizimki. Ufak ufak konuşuyor, olur olmaz gülüşüyorlardı ama oğlanın gözleri hep bacak meme ekseninde. Sevmediğini ve sevmeyeceğini anlamıştık ama bazı gerçekleri avaz avaz bağırmanın faydasızlığı da gün gibi duruyordu karşımızda. Mine bu, dediği dedik, sevdiği sevdik.

Bir gece okulda saklanacağını ve karanlık iyice çöküp de yatakhanenin ışıkları kapanınca arka bahçedeki kulübede buluşacaklarını söyledi oğlan. Mine, dünden razı. Tüm gün başımızın etini yediği, tatlı telaşıyla bize eğlence çıkardığı ve çıkan bıyıklarını alması için hiç sevmediği bir kıza adeta yalvarmak zorunda kaldığı dün gibi hatırımda. Kesin öpüşürlerdi. Öpüşmeyi çok iyi bilmiyordu ama her şey gibi bunu da yapabileceğine olan inancı tamdı. Bıyıklı kızlarla öpüşmek, üst sınıflardaki oğlanların rüyalarına girecek şey değildi. Bacakları ağdalıydı ama bugün bile sevişmeyecek tüm kadınların yaptığı gibi yine de kontrol etti. Benim parfümümü sürecekti, kendi parfümü az kalmıştı ve iki parfümü karıştırmaktansa benim cici kız parfümümü tercih edecekti. Aynen böyle demişti. İnci'den saçlarına maşa yapmasını istedi. Saçlarını kestirme işini ertelediğine kahretti ve Bendeniz'in o yıl hit olan şarkısını dinlerken kalbi yerinden gitti.

Akşam yemeğini nasıl yedik anlamadık. Gözü saatte, aklı o uzun oğlanda, ilk buluşmaların olağan telaşında zaman onun için çok yavaş geçti. Hepimiz yataklarımıza girdiğimizde ışıklar sönmüştü çoktan, yarım saatten az bir süre vardı büyük buluşma için. O hepimizden cesur bir kızdı, bekarete de namusa da inanmıyordu. Daha lisedeyken tanımadığı bir oğlanla yapacak değildi o işi ama olursa biraz daha ilerde bu çocukla olacağına inanıyordu nedense. Boyu uzun olanların şeylerinin de uzun olduğunu açık seçik fotoğraflar yayımlayan bir gazeteden öğrenmişti.

Onu tuvalete götürür gibi kalkacak ve yemekhanenin arka kapısından dışarı çıkarıp yerimize dönecektik. Nöbetçiler nöbet tutmaz uyurdu, hiç zor olmayacağını biliyor yine de kalp çarpıntımıza engel olamıyorduk. Daha önce ruh çağırmak ya da dedikodu yapmak için defalarca çıkmıştık yatakhaneden bahçeye ama yine de korkuyorduk bu defa. Mine'nin al aldı yanakları. Oğlanı pek sevmiyorduk ama yerinde olmak istiyorduk yine de.

O akşam ilk gerçek öpücüğünü alacak ve kendinden büyük bir oğlanın sevgilisi olacaktı. Ben de İnci de bundan sonra evlilik hayalleri dinleyecektik anlamıştık ama mutlu olsun da, razıydık. Mine kapıdan çıkarken döndü ve şöyle dedi bize: 'Dönünce hepsini anlatırım, şans dileyin bana'. Ona şans diledik ve dönmesini bekledik.

Sabaha karşı uyandığımda yatıyordu yerinde. Geldiğinde bizi uyandırmamış ve yatağına girivermişti. Birden içime bir öküzün oturduğunu hatırlıyorum. Kötü geçmişti demek ki. Oğlanı aptal buldu kesin, böyle düşünmüştüm. Mine, neşeliydi, zekiydi, hazırcevap ve iddialıydı. Aptal bir oğlana uzun şeyi için tav olacak türden değildi. Gülümsedim ve uyudum sonra. Ne de olsa sabah anlatırdı. Dert edilecek bir şey de yoktu hani, biraz çıkar sonra bir bahane bulur ayrılırdı. Sabah hızlı hızlı konuşur ve detayları yavaşça geçmesi için yalvartırdı bizi, emindim. Deliydi.

Uyandığımda İnci'yi başucumda buldum. Şaşkın ve tedirgindi: 'Mine hiç konuşmuyor, sen bir şey biliyor musun?' dedi bana. Mine, hiç konuşmadı bir daha. Uzunca bir süre hiç konuşmadı. Matematikten konuştu, yazılı notlarından, yaz tatilinde yapacaklarından, babasının almak istediği arabadan, kuzeninin düğününden, kantinde satılan bozuk sosisliden, her şeyden konuştu ama o geceden konuşmadı uzun süre. Çocuğa sormaya yelteniyor ama onu normal buluyorduk. Mine'ye göz ucuyla dahi bakmıyor, o gece yarısı buluşması hiç olmamış gibi davranıyordu. Yalnız olsam tüm bunların benim gördüğüm bir rüya olduğuna yemin edebilirdim.

İçine kapandı Mine. Fark ettirmeden ama bizden gizleyemeden yine de. Hafta sonu izinleri giderek azaldı ve tuvalete giderken bizi uyandırmadı bir daha. Türlü bahaneyle uzaklaştı evinden. Annesi ve babası görmeye geliyordu o gitmeyince. Onlara derslerinin ağırlaştığını, zaten yol gidip gelmekten bıktığını söylüyor ve tüm yazı Zonguldak'ta onlarla geçireceğini hatırlatıyordu. Sanırım buna herkes inandı.

Aramızdaki mesafe asla konuşulmuyor ama giderek büyüyordu. Tüm gününü eskisi gibi bizimle geçiriyor ama o geceden de o uzun oğlandan da söz etmiyordu. Nefret ediyorduk ondan ama gidip soracağımızı söylediğimizde;"Beni küçük düşürürsünüz, olmaz." diyordu. Neyin olmadığını tahmin ediyorduk ama yanılıyorduk işte. Olan olmuştu.

O gece uğursuz çocuk yalnız karşılamamıştı Mine'yi. İki arkadaşıyla birlikteydi kulübede. Önce şaşırmış Mine ama sonra gideceklerini düşünüp ellerini sıkmış tanışmış onlarla. "Yenge" demişler ve hoşuna bile gitmiş normal şartlarda alaturka bulduğu bu sözcük. Demek ki sevgilisi oldum demiş, demek ki beni düşünüyormuş benim gibi o da. Yanılmış. İki çocuk çıkınca dışarı sohbete koyulmuşlar, sevdikleri filmler, şarkılar, çocuklukları, biz, ailesi, dersleri, hedefleri... Sonra sarılmış oğlan ve saçlarını öpmüş, dudaklarına indiğinde kim bilir nasıl attı kalbi dostumun, kim bilir nasıl da en güzel anı sandı hayatının? Çocuk bacaklarını okşamaya başladığında içinin ürperdiğini hisseder gibiyim. Ilık bir sevinç yayılmıştır tarifsiz bir duygu illiğinden kemiğine. Sonra elini tutmuş çocuk, öpmüş dudaklarına götürüp ve sonra ... "Hisset." demiş "Bak nasıl da kuduruyor sana".

Zaman kavramı yitirince anlamını, çırılçıplak kalmış ikisi de. Utanmış Mine beli biraz kalın diye. Bel oyuğu olmadığı için hep biraz öfkelendiği annesini hatırlamıştır eminim yine. Çocuk içine boşalmak yerine, dışarıyı seçince rahatlamış Mine. Henüz tam olarak bilmiyor çocuğun nasıl olacağını ya da engelleneceğini. Düşünceli bulmuş sevdiği oğlanı. Ama sonra...

Yatılı okulda olmanın en güzel yanı, paylaşmayı öğrenmektir. Hiç sesini çıkaramadan, hayatında ilk ve son defa o kadar kırılarak almış içine diğer iki oğlanı da. Ses etmemiş, bağırıp yardım isteyememiş, debelenememiş hiç. Tırnaklarını geçirmiş istemsiz ama bundan zevk aldıklarını fark etmiş. Bizi özlemiş o an, eski küçük korkularını. Bir daha hiçbir şeyin eskisi gibi olmayacağını ama yeni de kalmayacağını. Ruhunun diplerinden çekilmiş saçları. Saçlarından nefret etmiş.

Aylar süren sessizliği çözülür olmuştu. Eski neşesi yerine geliyor sanmıştık. Habersizdik, aptaldık belki. Bu kadarını düşünememiştik. İnsan zaten bu kadarını düşünememeli. Yedi ay sonra bir gece yarısı gitti. Marttı. Önceki gece ilk defa tuvalete gülüşerek gitmiştik ve kestirmekten vazgeçtiği saçlarıyla uğraşmıştık o sabah ilk iş. Kahvaltıda sıcak çay içme yarışı yapmıştık yine. Ve gizlice giydiği çorabım için yalandan itişmiştik. Omuzlarımıza dolanmıştı kollarımız ve aptal bir şarkıyla yol almıştık bahçede. O uzun oğlanın bakışını görmezden gelmiştik. Sonunda her şey eskisi gibi oluyordu, sevinçliydik.

O gece yarısı gitti. Veda mektubu, her şeyi açıklıyor ve her şeyi susmamızı istiyordu bizden. Hatırasının temiz kalmasını istiyordu. Bu son isteğiydi. Kirletemeyecekler beni demişti, ben sizin tanıdığınız Mine'yim. "Benim için tuvalete birlikte gidin". Birkaç gün sonra uzak bir sahile vurdu cesedi. Bulunduğunda tanıdığımız Mine'ydi, tertemiz ve hepimizden canlı. Dünyaya inanmış ve yanılmış dünyada.

Son isteğini yerine getirdik. Sustuk bildiğimiz her şeyi. O çocuk, gitti. Onu bekleyen bir gelecek vardı ve ona gitti, izin verdik. Aynı yataklarda yattık, tuvalet için birlikte kalktık. Başka insanlar olduk ama aynıymış gibi davrandık. Unutmadık.

Bugün yaşım otuz dokuz. Pişmanlığım büyük benden. Okulun bahçesine kendi rızasıyla gömdüğüm o kız, benim dostumdu. Mezarı içimde, çiçeği soluk.

Şans

Kuraklık, insanın beynindeydi.

1984'te Mardin'in bir köyünde doğdum. Yaşayacaklarımla ilgili fikrim, olasılıkları hesap edecek aklım yoktu. Ama her şeye rağmen bu, benim hayatıma teşekkürüm.

Dokuz kardeşin en küçüğüyüm. En şanslısı diyenler de var ama benim şanstan anladığım onlarla aynı değil. Şans var edebildiğiniz bir şey; bir parçası ana rahminden sizinle birlikte dünyaya sızan ama geri kalanını seçimlerinizle şekillendirebileceğiniz bir şey. Ben şanslı değildim, her anı için Allah'a şükrettiğim yaşamımı elimden geldiğince doğru şekillendirdim. Başkaları da yapabilirdi, yapamayanlar kendilerine şanssız, yapabilenlere şanslı dediler ve oldu bitti.

Evlendirilmek istediğimde on dördüme yeni girmiştim. Yüzüne bakılır tüm genç kızlar gibi evde kalma eşiği olan on sekizime gelmeden baş göz edilmek istendim. Kan bağım olan biriyle ve adet bile görmediğim hesaba katılmadan. Benden kadın olmamı bekliyorlardı, oysa çocukluğumun son kullanma tarihi henüz gelmemişti.

Kitap okumam, yılda nereden baksanız yüz defa yasaklanırdı ve düşünebilen bir varlık olma ihtimalim hep korkuyla karşılandı. Hâlâ saygıyla ve minnetle andığım öğretmenlerim olmasa diğer kardeşlerim gibi şansımı yaratmaktan men edilirdim. Onlar beni, okuyabilmem için yıllarca her sabah evimden aldı. Önlük giyemeyen tek çocuk değildim, ayağında ayakkabısı olmayan ya da okul defterlerini silip yeniden kullanan tek çocuk da değildim. Yoksulluk, koca evrende bizi işaretlemek için konulmuş bir işaretti sanki. Ama buna aldırış etmedim. Her istediğimde televizyon izleyememek beni başka hayal alemlerine taşıdı. Köyde hepi topu birkaç televizyon vardı ve tahmin edebileceğiniz gibi biri bizim evde değildi. Yerine yeni meşgaleler buldum. Yazdım. Çizdim. Kurdum kafamda. Belki de dünya bu değildi ve biz içinde bulunduğumuz bu hayattaymış gibi yapıyorduk başka bir hayatın kahramanıyken. Yoksulluğu ve yoksunluğu yaşayarak anlamak istiyorduk, kim bilir? Hayır aslında biliyordum her şeyin benim olduğunu ve kabullenebiliyordum. Aşmak istiyordum ama barışıktım da olanlar ve olmayanlarla.

Mum ışığında çizdiğim fizik projem, güç bela aldığım pamuktaki fasülyem, ezberlediğim ilk şiir ve aşık olduğum ilk şair: Mona Roza... Siyah güller ak güller... Okumak güçtü, düşünmek güçtü, hayal kurmak güçtü ama yılmadım.

Babam beni ildeki bilgi yarışmasına yollamayı bir kuzu karşılığında kabul etmişti. Öğretmenimin henüz sahip olmadığı ve nasıl sahip olacağını bilmediği kuzu, hayatımı değiştirdi. Soruları bildim, yanıtları değil soruları bildim evet. Hayat, benim için soruları bilinirse kolaylaşacak bir şeydi. Yanıtlar zaten bilinmesi gerekenlerdi. Bilemediğim tüm sorular ve tüm yanıtlar, birer eksiklik olarak tezahür etti beynimde ve onları bilmek için gecelerim gitti.

Özel bir okulun kadrosuna ücretsiz davet edildiğimi müjdeleyen öğretmenim, avuçlarıma umutsuzluğunu da bıraktı fark etmeden. Zaman geçtikçe başlık paramın da düşeceğini düşünerek dertlenen babam, köyde asiye çıkan adımın utandırdığı annem, çoktan çoluk çocuğa karışmış ablalarım ve beni tehlikeli bir mayın gibi gören ağabeylerim, önümde koca bir setti. Onbeşime giriyordum ve okumak için bana verilmiş yılların sonuncusundaydım.

Kemiklerimi kırmak istediklerini ama öğretmen ve kaymakam yüzünden yapamadıklarını biliyordum. Beni sevmek isteseler bile şımartmaktan korktuklarını görüyordum. Devletin koruması altında olduğumu düşünseler de onlar, ben benimle aynı coğrafyada yaşayan tüm genç kızlar gibi devletin ihmali altında olduğumu düşünüyordum. Okumak için verdiğim mücadele canımı sıkıyordu ama aynı zamanda dişime de takıyordu canımı.

Günler süren pazarlıklardan sonra gecikmiş kuzuyu ve üzerine bir kuzu sözü daha aldı babam ve verdi beni. Rızası yoktu ama mecbur kaldı, rıza gösterdi. Ona, hayatımın nasıl değişebileceğini ve yıllar sonra ayaklarımın üstüne bastığımda onların da hayatını değiştirebileceğimi anlatmışlardı. Devletin beni okutmak için takipçim olacağını ve kaymakamın da kefil olduğunu bu iyi yatırıma. Dinlemişti babam. Köşeli kasketini düşürmüştü gözlerinin üstüne, ne zaman olmayacak bir şey düşünse öyle yapardı. Devlet, bugün onun babalık vasfını elinden alıyordu. Kızının üzerindeki söz hakkını ve aile reisi olmanın ağırlığını. Ağabeylerim uğurlamaya gelmediler bile. Köyden bir yetim gibi çıktım. Anlatılanlara inanmamıştı ama zayıf karakteri ona susmayı öğütlemişti, susmayı ve önümden çekilmeyi. Kaymakamı karşısına alamamış ve inandıkları uğruna mücadele edememişti. Kocaya verilmesi gereken beni anlatamamıştı onlara. Etimden sütümden faydalanılacak beni. Ablamın üstüne gelen kumayı ve abimin döverek hastanelik ettiği yengemi. Sessizce vermişti beni.

Liseye gittiğim ilk yıl, diğer öğrencilerin arasında bir ayrık otuydum. Düzgün Türkçeme rağmen seziliyordu şivem ve yabancı olduğum o hayatta çok sırıtıyordum. Ne zaman ki kompozisyon sınavlarında okundu mektuplarım, ne zaman ki matematik sorusunu herkesten hızlı çözdüm ve ne zaman ki hiç utanmadan okudum Mona Roza'yı, işte o zaman bakışlar değişti yavaş yavaş. Kendimi kanıtlıyordum. Yatılı okuyordum ve kütüphaneyi uzun uzun kullanmama izin veriliyordu. Aileme yazdığım mektuplara kısa ve kötü yazıyla yazılmış beylik cevaplar geliyordu. Onlar iyilerdi, kendime mukayyet olacaktım, haberlerimi yollayacaktım. Başlarda gördüğüm filmleri, okuduğum kitapları anlatıyordum. Tanıdığım ülkeleri, o ülkelere dair hayallerimi, gazetecileri, şairleri ve kaşifleri... Sonra bunların köyümde "kaybedilmiş bir kızın nafile uğraşları" olduğunu anladım ve ben de onlara baştan savma mektuplar yazdım. Hevesimi kırmışlardı sonunda. Ben de iyiydim, derslerime çalışıyordum, kendime dikkat ediyordum, bilmeleri gereken buydu.

Yaz tatilinde Londra'daki gençlik kampına yollandığımda İngilizcem sınıfımdaki herkesten iyiydi. Uyumadan önce içimden en az iki saat İngilizce konuştuğumu ve Edward diye hayali bir arkadaşım olduğunu bilemezlerdi tabi. Londra, durup izlediğimde çocukluğumdan bile uzak geliyordu bana ama içindeydim işte. Yeğenlerim sabah ezanında evin içine doluşmuşlar ve üstümde tepindiklerinde uyanacakmışım gibiydi. Babamın kuzuları kesmek için mi beslemek için mi istediğini düşünüyordum ve Londra'ya yağmur yağdıkça köyümdeki kuraklığı düşünüyordum.

Kuraklık, insanın beynindeydi. Yeşertmediğin umut için Allah'a kızamazdın, tarlanı yeşertmediği için de tabi. Kızgındım. Köyden bir yetim gibi çıktığım günü anımsadıkça içim titrer hâlâ. Gittiğim için üzülmediklerini, bensiz kalacakları için dertlenmediklerini bilmek canımı acıtıyor bugün bile. Ben onlar için bir mağlubiyettim. Beni kaybetmişlerdi.

Hiçbir yaz tatilinde dönmedim oraya. Aslında hiçbir mektupta ya da telefonda, evet mektup yazarak mektupların büyüsüne ihanet etmek istemedim bir süre sonra, oraya dönmem ve yanlarında uyumam için yakarmadılar. Sarı ovalarını özlediğim Mardin'de sevdiklerim vardı ama onlar bana beni sevdiklerini söylemediler. Annem bir keresinde bir sevdiğim olursa gelip vakitlice beni istemesi gerektiğini hatırlatmıştı. Annemin küçük dünyasında hâlâ evlenmek üzerine kurulu bir rüya vardı. Evlenip bu hayattan kurtulmamı düşlüyordu besbelli.

Üniversite sınavından hemen sonra döndüğümde köyüme, bir yabancı gibi karşılandım evimde. Özlemişlerdi. Ama yabancıydım yine de. Misafirlere serdiğimiz kar beyaz yatak serildi bana ve kahvaltıda sıcak süt ikram edildi. Kaldığım yirmi dört gün boyunca kılığımdan kıyafetimden haz edilmedi ama uyarılacak kadar yakın da görmediler beni. Götürdüğüm hediyeleri benden daha büyük bir sevinçle karşıladı kardeşlerim. Neler yaşadığımla değil neler yaşamadığımla ilgilendiler en çok. Kurtulduğumu düşünüyorlardı ama söylerlerse kendi hayatlarından utanıyormuş gibi görünmekten de kaçınıyorlardı. Açık olmadık birbirimize.

Özel bir üniversiteye yüzde yüz bursla girdim ve yabancıların bile hayatımın değişmesi için gösterdiği çabayla ailemi andım daima. Onları unutmadım, geldiğim toprakları, oradaki insanları, değişmesini istediğim kaderleri unutmadım. Ama söz hakkım olmadığını da hissettirdiler bana. Bir mimar olarak hayatımın inşasındaki rolümle övünüyorum en çok. Ben hayatımın peşinden gittim.

Uçağa ilk binişimi hatırlıyorum yine. Kalbim yerinden çıkacak gibiydi, korkuma karışan sevinç dışarıdan görünüyor gibiydi. Yanımda elini tutamayacağım bir yabancı ve içimde elini bırakamayacağım bir tanıdık.

Bana uçuşta evlenme teklif etti. Anonsunun sonuna ekleyip adımı, hayatımda yeni bir perde araladı. Sevdiğim adamla, beklenen kaderimin dışında bir yaşta severek ve sevişerek evlenecektim. Ailemden uzakta, dilini bilmediğim insanlar arasında, bir saat içinde alınmış beyaz bir elbiseyle ve gözümde şaşkınlık gözyaşlarıyla. En sevildiğim anda, dünyanın geri kalanı kadar yalnızdım, daha fazla değil.

Şimdi akıllı bir evim var, uçulacak millerim, bir hayat arkadaşım var artık. Elde etmek için kaderi baştan yazdığım işim ve her anına, her zorluğuna, her tuzağına, her eksiğine şükrettiğim yaşamım...

Baştan yazdığım şansım, elimden tutan yabancılar ve kaderine hapsolan soydaşlarım... İyi ki varlar... Hayatıma teşekkür ederim.

Küçük Bir Yalan

Olmayınca olmadığını, olmayınca anladım. Çareler yaratmakta eşsizmiş insan, yaratınca anladım.

Yıllar önce küçük bir yalanla başladı her şey. Yalnız olmaktan utananlar, kalabalık olmaktan bıkanları hep kıskanırlar ve onlara öfkelenirler için içe. Kıskandım ama en çok öfkelendim sanırım. Eksik parçam gökten inmedi ve yerde bulunmadı aradıklarım.

Bir adam yarattım ben. Kravatının renginden, ofis masasına, tatil yöresinden, rafadan yumurtasına, yoktan var ettim onu. Tanıştırmadım kimseyle, kendime sakladım. Evli dediler, hoşnut kaldım, güzel karısını geçtiğim, kendime bir yol seçtiğim için. Ünlü dediler, hoşnut kaldım, sınıf atlamış sayıldığım, gizemine kapıldığım için. Yaşlı dediler, hoşnut kaldım, gençlik silahıma sarıldığım, yaşıtlarımın toyluğuna darıldığım için. Ucunu açık bıraktım hep. Alaycı gülüşümle havaya astım soruları.

Bir adam yarattım, yalnızlığımı eksiklik sayıp. Yaşıma, dişime, saçıma, gülüşüme, işime ve gücüme rağmen yalnız kalan beni, o adama yar ettim.

Sevdim, dolaştım sarmaş dolaş, kavga ettim olmayacak şeyler için, uzak ülkelere uçtum onunla, kıskançlık yüzünden didiştim. İmza bir formaliteydi değer vermediğimiz, ben onu kendime eş seçtim.

Bütün muafiyetlerden muaf, kendini aşan bir bağlılıktı dileğim. Olmayınca olmadığını, olmayınca anladım. Çareler yaratmakta eşsizmiş insan, yaratınca anladım.

Bir adam yarattım kendime, bir adam sevdim kendimce. Bir adamı anlattım, bir adamı dinlettim. Ruhumu o adamın tutkusuyla inlettim. Bir hayaldi gerçek sansınlar derken gerçek sandığım ve bir gerçekti, olmasın derken kendimden uzaklaştığım.

Bütün normal insanlar ayrılır gün gelince, bütün normal insanlar vazgeçer bir gün sevmekten. Terk edilirler ve acılarını büyütürler bütün normal insanlar. Sıradan dertlerini rakipsiz zannederler. Acılarını yarıştıran aciz insanlar buluşurlar bir gün yalnızlıkta yeniden. Ben o buluşmaya vakitli gidemedim.

Yarattığıma inandım, hatalıydım. Yarattığım yokluğa bağlandım. Ve özledim yalnızlığımı. Yarattığımdan kopamadım. Deliler gibi özledim yalnızlığımı. Yalnızken aklım başımdaydı. Özledim aklımı.

Antidepresanlar verdim zamana, uzun uzun döktüm içimi de boşaltamadım. Tanıklığım düştü mahkemelerden, bir taşı kuyudan çıkaramadım. Aklımı özledim, fikrime uzunca sarılamadım. Uzak kaldım kendimden, bilsem utanırdım deliliğimden, bilmedim de bir türlü utanamadım.

Bir adam yarattım ben. Boğazladı beni yarattığım, bağıramadım.

Şimdi ilaçlar duruyor yanı başımda, kimsenin fotoğrafına yer yok. Olmayan birinin fotoğrafı olamaz ki, ihtimali dahi yok. Halüsinasyonların devirdiği başım, nasıl da büyük benden. Ve sevmek, giderek uzaklaşan bir gerçeklik ömrümden.

O yok artık. Belki ben geri gelirim gittiğim yerden.

Şüphe

***Kutlanmayan güzelliklerin
yetimliği var şimdi kalabalığımda***

Şüphe... Bir fare gibi kemiriyor içimi, kulağıma üfler gibi, öyle belli etmeden öyle sinsi. Sarılmış yaralarımı kanatıyor yeniden, küçük ve biçimli dişlerini geçirip kabuğuna. Bir fareden çok bir düşman ya da. Dünümü mezar ediyor bana, gömüyor beni duasız, çiçeksiz. Yarınımı tuzak kılıyor, savunmasız ve silahsız. Kendimden uzağa yolluyor beni dost gibi görünüp, yok pahasına alınmış bir bilet kesiyor cam kenarı. Işıksız yollardan geçiriyor sonra terk edilmiş şehirlerden ve doğmayan günlerden.

Unutulmuş bir özel gün, uyutulmuş bir ölümcül hasta şimdi ruhum. Şüpheyle uyuşuyor yeniden şifayla uyandıkça. Kutlanmayan güzelliklerin yetimliği var şimdi kalabalığımda. Ah! Bu şüphe beni başka bir insan yapıyor nesneler gibi duran. Hissiz, kıpırtısız ve inançsız beni özenle yöneltiyor Yaradan'a. İçimde heyelanlar, ağaçsız toprakların can yakan devinimi. İçimde sütten zorla kesilen bir bebek sızlanması. Nasıl da çaresizim ve nasıl anlatılmaz içinde olduğum bitirici hâl...

Bir kere yaktı canımı, bir kere daha yapar. Bir kere boş bıraktı yanımı, bir kere daha yapar. Bir kere yok saydı anımı, bir kere daha yapar. Bir kere sardı yabanı, bir kere daha yapar. Bir kere daha yaparsa...

Aklımdaki sorular birer çığlık şimdi bekliyor kavuşmayı denize. Atamadığım bu yükle dalgalar çeker beni derine korkuyorum. Ne bir su kenarı ne bir hava boşluğu hiçbir yer yok bu ruhla sığabildiğim. Şüphe. Ah! Bu şüphe taşırıyor beni kendimden, atıyor benden geriye.

Sevdiğimden yediğim ilk darbe, doğumumdan sonra yediğim ilk şaplak gibi şimdi. Anlatıyor bana yaşadıkça olacakları. Dökülecek yaşımla harcanacak yaşımı karıştırıyor birbirine. Hayallerimi bir kaşık suda boğuyor ve tuzla buz ediyor renklerimi döktüğüm o resmi. Duvarıma asılıyorum o halimle.

Her sabah uyandığım güne küskünüm, içime dirlik vermeyen anılarıma ve biriktirdiğim yas şarkılarına küskünüm şimdi. Yatağıma birlik vermeyen yabancılara... Sevdiğimi kendinin sayan yabancılara.... Bugüne dek en yakınım olan yabancılara... Beni yabancı kılan yakınlarıma...

Şüpheyle doldurdukları satırlara küskünüm. Yazmayacağım artık ve anlatmayacağım yazmadıklarımı. Aradığım çarelere küskünüm, biraz sana biraz ona...

Şüphe, baştan alır gibi şimdi bir işkence seansını ve küskünüm bunu mümkün kılan zaafıma.

Kim Olmak İsterdim

Kıymet,
başkalarıyla tartıştığım
bir kefesi güvenilmez terazim.

Kim olmak isterdim, kim oldum... Kendime dışarıdan baktım mı acımasızca ve gereksiz şefkatimden sıyrılıp? Olduğum kişi tatmin etti mi beni, mutlu etti mi? Olduğum kişiye bakıp gururlandım mı? Ve ders çıkardım mı onun kaçınılmaz hatalarından? Onun bir insan olduğunu ve bir hamur gibi yoğurulduğunu anımsadım mı bin türlü şey tarafından? Yoksa kendisi olduğu için barışamadım mı onunla, başkası olsun mu istedim hep? Ya bana kırılmışsa?

Hayat bana, belki hepimize, her şeyi altın tepside alıp güvelenecek kadar ihmal etmeyi ve bir köşede kaderine terk etmeyi öğretiyor mutlaka. Bunun öğrencisi olmaktan gereksiz bir çoklukla memnunuz sanki, ben de dahilim bu çapsız kalabalığa. Ya da bizim olanda bulmadığımız her ne varsa ve görmediğimiz, bizim olmayanda görüp bayılmaya. Nazar dediğimiz şey, bir tuzak sanki kendi elimizle pardon gözümüzle kurduğumuz. Ve kendi gözüm bu, kırıldığım en çok.

Sevdiklerimden vazgeçmek için birilerinin vazgeçmesini bekledim ben hep. Sevdiklerimi kucaklamak için birilerinin kucaklamasını. Kıymet, başkalarıyla tartıştığım bir kefesi güvenilmez terazimin.

Başarılarımı olduğu gibi görme olgunluğu, ellerim iyice buruşmadan çökmeyecek sanki bana. Böbürlenmekle varamadığım yere kendimi yerden yere vurarak varmaya çalışmam bundan. Oysa var bunun ortası, görmemem neden?

Aşkıma hak ettiği gibi sarılma yüceliği yok bende. Şımarmasın diye uzaktan koklamak, kaçıp gitmesin diye tedirgin etmek var. Başka aşklarda olup bende olmayana kilitlenmek var, bende olana tüm kalbimle açılmak dururken. Dururken ve öylece bakarken kaybettiğimde yaşadığım o taklitçi acılara. O ne istediğini bilmez çabalara, başkalarının tavsiyelerinden doğan. Kendi aşklarımızı tutmayız elinden, bizde hep öğretilmiş sevdalar.... Ben de sizin gibiyim, sizdeyse bana benzer taraflar.

Utandığımız aileler, üzerine bin koyarak anlattığımız işler, başka dilde telaffuz etmeye çalıştığımız meslekler, girmeye çalıştığımız çevreler, ait olmaya debelendiğimiz dünyalar... Hepsi boşsa mesela...

Ya çok güzelsek böyle, olduğumuz gibi. Ya hakkını veremediklerimiz, layığıyla bakamadıklarımız kırgınsa bize. Ya çok güzelsem ben böyle, olduğum gibi, sevdiğim gibi... Hakkını veremediklerim, layığıyla bakamadıklarım kırgınsa bana...Ya telafi edemeyeceğim bir acı bıraktıysam kendime kendi ellerimle... Bağışlanmak için gecikmek istemem hayatıma. Kimsen kim olduğumu severim artık. Kim bilir başarırım belki bundan sonra...

Kader

Aşıksın...
Ve nasıl da oluyor, yaşıyor
ve yaşadığından fazlasını soluyorsun.

Zeki Demirkubuz, Kader'i yapmış o yıl. 2006'nın Kasım'ı. Film sayılı sinemada giriyor gösterime. Ve sayılı kalpte neden oluyor infiale. Masumiyet'in devamı ama geçmişe dönen hali Kader. Manidar değil mi? Bekir'in Uğur'a aşkı bol küfürlü ve bol acılı, yakıyor bünyeyi. İmkansız sanılan bir aşkın tam da sanıldığı gibi çıkmasının yakıcılığına dair bir iç çekiş sanki. Hiçbir yere varmayan aşkların, bitmeyen yol arkadaşlığına talip adamların ve o adamlara sırt dönerken bir yandan da hayatını karartmakla meşgul kadınların filmi. Aşk içinde aşkın filmi Kader. Neden bahsettiğimi merak ediyorsunuz belki. Hayır devam etmeyeceğim. Herkes kendi Kader'ini arasın diye birkaç kelam edeceğim belki. Yaramıyorsa aramasın diye ya da. Nasıl alınırsa ve nasıl verilmezse zamanla...

"Umutsuzluğuna çıldırıyorsun o aşkın. Bütün olumsuzluklarıyla dolaşıyor kemiklerinde, yüksek ateşin ağrısı. Dişlerini sıkarak uyanmadığın bir sabah yok. Ve daha çok bir gece yarısı... Adımlarını taşımak zor geldiğinden, etrafı rahatsız eden bir sürüme sesi var hep seninle yol alan. Bütün şarkıları basan bu daralma hissi, bu sıkışma ve soluksuz kalma hissi sanki yüzyıllık yadigar. Etrafında konuşulanlar, seni en çok ilgilendirdikleri anda bile basit birer boşluk... Ölmemek, yeniden başlamanın sanki diğer adı, anlamsızlık diz boyu ve isteksizlik bir evlat gibi koynunda. Aşıksın... Ve olmuyor, yaşanmıyor ama yaşıyorsun yine de.

Umuduna çıldırıyorsun o aşkın. Hiç sahip olmadığın her şeye sahipmiş gibi hissediyorsun ve kolların geniş geniş açılıyor neyle karşılaşsan, çoğu zaman havayla. Neye yetişmeye çalıştığını bilmeden bir acele bir telaş yanaklarında, al al ve rengin attıkça ateşin yeniden başında. Bütün şarkıları saran bu huzur ne bilmiyorsun, bu nedensiz ve yakışıksız haykırma. Dünya yansa senin eteklerine ateş böcekleri düşecek sanki, kalbinde yaz çiçekleri. Her gün yeniden doğma hissi çayının şekerine dahi sinmiş, ayrıldıkça birleşen yolunda. Aşıksın... Ve nasıl da oluyor, yaşıyor ve yaşadığından fazlasını soluyorsun.

Sen, hiç görmediğin bilmediğin aşkların, alın yazısının, kaderin, sana biçilenin, senin ekeceğinin, nasibinin, alacağının ve vereceğinin derdinde... Sen sahip olduğunun, olamadığının, sahip olmayı istediğinin, sahip olmaktan hoşnut olmadığının ve sana sahip olanın, olamayanın karmaşasında...

Aşksa, git al onu. Aşksa, git ve kal onda. Aşksa, kaderin mi diye bak. Aşksa, kader ne diye bak. Kaderse... Aşksa... İmkansızsa... Yeniden aşksa... Kader değilse mesela... Yaşa! Göreceksin.

Nefret

Bilmediğiniz bir çoklukta sevilmek tek dileğiniz.

Sizden nefret ettiğini düşündünüz mü hiç? Aşkla nefret arasındaki o ince çizginin diğer tarafına geçtiğini ve sizi yapayalnız bıraktığını bulunduğunuz tarafta. Ona çok yakıştırdığınız giysi, süper kahramanların anlık değişimlerindeki gibi yırtılıp başka bir şey göründü mü içinden? Kahraman gibi değil de düşman gibi daha çok. Canınız yandı, tahmin etmek güç değil. Ama hâlâ aynı tarafındaysanız çizginin, orada durup bekleyeceksiniz. Gitmek de kolay değil.

Başkalarını düşünme ihtimalinin bile ihtimali intiharlara sürükleyecek cinsten. Bir şeye öfkelidir belki ama o şeyi öğrenip ondan çok daha fazla öfkelenmeden sönmeyecek içiniz. Ya da belki siz bugün onun merhametine bile değemediniz. Boğuştukları sizi nefessiz bırakıyordu ama fırsat bulup da nefes isteyemediniz. Olan oldu ve kötü anılarla çetelenize bir çizik daha atıverdiniz.

Onu sevmenin en güzel tarafı her gün yeniden başlamak belki de, unutabilmek bütün dargınlıkları, kavgalarda alınan yaraları unutabilmek. Ama her gün yeniden başlatan bitişler kuvvetli hafızanızda birer anıt yine de keşke olmasa dedirten.

Onu sevmeseydiniz dünyayı sevmezdiniz. Mevsimleri, insanları ve dahi hayvanları. Tutunacak dalınız ve merhem gibi teselllileriniz olmayacaktı. Ama sizi daha çok sevseydi, daha fazla olacaktı hepsinden. Miktarlarla ilgili bilginizi kaybettiniz. Bilmediğiniz bir çoklukta sevilmek tek dileğiniz.

Dün başka bir gündü, bugün başka. Bugün başka bir tarafında duracaksınız çizginin. Yanınıza gelecek ve hep oradaymış gibi gelecek size. Siz onu en çok unutturdukları için sevdiniz. Yeri dolmaz boşluğu ve her şeyden vazgeçiren varlığı için. Yokluğu dünde kalacak ve varlık içinde gelecek size. Çizginin bu tarafında güzelsiniz...

Aşka Dair

Kusursuzluğun altın suyuna batırılmış ve zamanla belki de rengi geçecek

Herkesin lügatında aşka dair sözcükler var ama "haritası şüpheli bir hazine" gibi derindeler. Oysa dünya aşkın yüzü suyu hürmetine dönüyor inanıyorum, her türlü aşkın hatırına dönüyor çıkmadan yörüngesinden. Bize aşkı unutturan acılarımıza selam olsun! Bize aşk acısını özleten acılarımıza...

Aşk olsun. Bir gün bir adam bir kadını seviyor ve değişiyor her şey ya da bir kadın adamı. İkisi de birbirini sevince başka oluyor hikâye, biri diğerini karşılıksız sevince bambaşka. Aynı hikâye kendinden hikâyeler doğuruyor aşkta. Yakalamak mümkün olmuyor getirdiklerini götürdüklerini. Kaybeden kazananı tanımıyor onda. Kibirle süslenmiş bir gönül manzarası sanki. Ya da yıkımla sonlanmış bir şehir yükselişi.

İki teni birbirine böyle bağımlı kılan o tuzlu sıvı, bilir misiniz kaç yaraya basıldı, kaç insanı yeniden küllerinden yarattı.? Sevgilim diye çağrılan kaç vücut, ruha bulandı? Ya siz bilir misiniz ki kaç dert kendi dermanından var oluşunu devraldı?

Aşktan söz etmediğimizde de o hep vardı. Her şey kendini unuturken ve başkalaşırken hiç istemeden, o hep aynıydı. Çok başkayken aynı olmanın ne olduğunu üç zavallı harfle anlattı. Yağmur yağsa aşka susar insan. Aşk olanla ıslanmayı diler elde değil. Güneşli havalarda aynı güneşe bakamamayı ve kar yağarken aynı battaniye altında ısınmayı. Rüzgarda dağılan saçların birbirine temasını. Her mevsimin her halini ve insanın her davasını.

Her şarkının nakaratı insana diğer yarısını anlatır. Hak etmeyen belki de ama hak ettiğine inanılan yürekten. Kusursuzluğun altın suyuna batırılmış ve zamanla belki de rengi geçecek. Değişecek karşıdan görünümü ama asla yanında görünmesinden vazgeçilmeyecek. Her lokmasından ayrı tat alınan ve en güzel lokması her defasında en sona saklanan... Doyulmaz aşka, bilirsiniz değil mi? Söz etmeli aşktan. Zaten unutulmaz ya, insan yine de kendine onu hatırlatmalı.

Senin aşkını anımsıyorum ve senin ruhumda müzik bitince de süren dansını... Aşkına ölüyorum. Bu satırlar hep sana!

Kıskanıyorum Onu

Sesinin değdiği kulağı,
haberini taşıyan ulağı,
eğilip su içtiği yalağı kıskanıyorum.

Kıskanıyorum onu. Neyle ölçeceğimi bilmediğim bir ölçüde kıskanıyorum. Delilik sınırını geçmeme ramak kalmış, aklım peynir ekmeğe katık şimdi. Onu hiçbir suçtan mahkûm edemediğim halde kıskanıyorum. Kafamda kurduğum mahkemelerden söz edemiyorum ona. Elle tutulamaz bir idam sehpasına çıkaranın da gözyaşları içinde indirenin de ben olduğumu söyleyemiyorum. Ortaçağ cehaletinin kalbime aşkla indiğini ve bugüne dek öğrendiğim her şeyi sildiğini itiraf edemiyorum.

Ellerini kıskanıyorum bir yumurtayı soysa ya da ayaklarını, istemeden işe giden. Saçlarını kıskanıyorum şehrin tozunu kirini içine çeken ve inanmazsınız soluğunu, kesilse istediğim bazen. Annesini kıskanıyorum, ne olursa olsun seveceğini bildiğim annesini. Onu bana bir armağan gibi doğuran annesini, ıslak ve pörsümüş memeleri yorgunlukla sütten kesilen. Kıskanıyorum.

Ben onu dünyanın tüm kimya kurallarını reddederek kıskanıyorum. Oksijenin bileşiminde yerim olmayışını ve terimin terinde sıcak kalmayışını. Soğutan kışı kıskanıyorum, tenine değen güneşi. Mevsimlerin onda yer eden güzelliklerini ve ay ışığını, ona şiirler yazdıran. Dünyanın bütün ilhamını diyorum, gözlerimden alsa. Gözlerim, manzarasının yok ettiği birer sıradan yuva.

Kıskanıyorum camide ezan sesi değil, kilisede çan, onun sesi beni ibadetime çağıran. Elimde değil işte çaresizim. Tesadüfen şekillendirmiş olamaz diyorum bu sesi, balıkları ve çiçekleri kusursuz yaratan. Sesinin değdiği kulağı, haberini taşıyan ulağı, eğilip su içtiği yalağı kıskanıyorum.

Okuduğu kitaptaki felaketi, izlediği haberdeki cinayeti, yaşadıkça sahip olduğu dirayeti kıskanıyorum. Öfkesinde gördüğüm geçiciliği bile kıskanıyorum bazen. Geçeceğini bildiği halde sıkıca sarıldığı öfkesini. Kalıcı hasarlarının kalıcılığını ya da göreceği güzel günlere düşecek gölgesini onların.

Akılsızca, amaçsızca kıskanıyorum ve çevrilemiyorum bir başka dile. Her dilde anlatılamaz biçimde kıskanıyorum ben onu. Ancak ve biraz ana dilimde...

Başka Bir Şey

Kırılgan aşk sözcüklerindeki umutsuzluk çökmeseydi keşke içime sis gibi, görüş mesafemi böyle kısaltmasaydı... Ama oldu bir kere.

Hayatımda hiç yardım istemedim. Aç da kaldım, susuz da. Aşksız da kaldım. Bu da başka tür bir tutku, kendim halletmek için delirdim hep. Ölmesinden korktuğun bir yaralının uyumasına izin vermezsin ya hani onun gibi bir şey. Kendimi mücadeleyle uyanık tuttum. Dünyanın geri kalanı hep biraz acımasız geldi bana. Ama sığınmadım acıma duygularına. Baş etmeyi öğrendim, kendimle dertleşmeyi, çözümler aramayı kendimde. Bugüne dek başarılı da oldum. Başarıdan ne anlarsınız bilmem ama ben kendim kalabildiğim sürece başarmış sayarım. Kendime haksızlık etmeden ve başkasını katmadan önüme. Bu defa başka, bu defa çözümsüz, yetersiz ve korkuluyum biraz da.

Üvey babamdan yediğim dayak, annemin kilitlediği dolap, dostlarımın çaldığı param, sevdiğimin bıraktığı yaram... Hepsi unutuldu zamanla. Hepsi beni güçlü ve çözen bir insan yaptı. Ayıkladım hayatımdan zararlı otları, kalıntılarını temizledim kırgınlıklarımın, uzatmadım hiç acı sözlü kavgaları, kendimi her gün biraz daha temize çektim. Ardıma bakmamaya çalıştım ve affedici olmayı daha çok. Affedenler daha kolay iyileşirler ve dertli bölgelere çekmeyenler kendilerini.

Küsenlerle barıştım, kıranlardan ayrıldım, kavgaları unuttum, özrü esirgemedim. Bir şekilde yan yana duruyor insan. Bir şekilde çözülüyor sarmallar bunu anladım. Ama bugün başka. Bugün bağlı elim kolum. Bugün açacağım kapı başka. Kırmadan dökmeden nasıl yapılır bu kavga? Suçun tanımı değişti kafamda, bağışlamanın ve çözmenin kendi yolunda.

Ona yardım edemiyorum. Yardımımı istiyor mu bilmiyorum. Hasta mı bilmiyorum, kafası mı karışık, bunca zaman sevdiği ben miydim bilmiyorum.. Bu bir sır olarak mı kalmalı, yüzüne mi vurulmalı bilmiyorum. Okuduğum o uzun mesaj, o acı dolu cümleler bir kadına yazılmış olsaydı şu an böyle dertli olur muydum bilmiyordum. Gizlemek zorunda kaldığı gizli bir hayatın sancısı beni böyle çaresiz bırakır mıydı?

Birlikte olamadığı bir adamı sevmesi kanımı dondurdu evet. Hayatı boyunca taşıyacağı bir yükle barışmaya çalışması canımı yaktı. Gücünden güç aldığım, hayatımın oniki yılına koynunda uyandığım adamın zayıf, çaresiz ve kendine küs olması içimi acıttı. Önce kızdım, ne varsa kırdım elimin önünde. Bağıra bağıra ağladım, şaşkın yüzüm defalarca ıslandı. Beni sevdiğini söylerken öyle gerçekti ki, yalanı aklımı oynattı. Yanında durulduğum ve bir molada gibi huzur bulduğum adam, aslında başka biriydi. Sorunları kapımızın dışında bırakma anlaşmamızı bozmuştu ve ruhum duymamıştı bunca yıl. O başka biriydi. İstediği hayat başkaydı, sevdiği başkaydı ve bir kadın bile değildi.

Seninle olamam ama böyle de yaşayamam diyordu mesajında, daha fazla yaşayamam. Acısını anlatıyordu, en etkili aşk filmlerine replikler yazıyor gibi geldi, gözümde yaş birikti. Çocuklarımıza rağmen, her gece sarılıp yatmasına rağmen bana, kalbimi bir gün bile kırmayan ilk insanken üstelik, başkasına yazıyordu bunları. Aramızda sır yok zannederdim, zaaflarımız açık birbirimize, en yakın arkadaşım zannederdim onu. Beni mücadeleye sürüklemeyen ilk insan. Huzurlu, dingin, neşeli, fedakar, canıma sardığım kocam, çocuklarımın babası. Şimdi nasıl kabullenirdim bir erkek için yaşayamayacak kadar aşkla dolduğunu, ne zamandan beri, ne zamana kadar?

Soramadım ona. Bu ne diyemedim. Suçlayamadım. Nedendir bilmiyorum, nefret ettim ama kıyamadım. Kızdım ama bağıramadım. Merak ettim ama soramadım işte. Öğrenmekten korktu bir yanım. Ölmesinden korktum sonra. Yaşayamayacağını öyle içten anlatmıştı ki, yaşayamamasından korktum. İlk defa çözüm yok bende. İlk defa karar alamıyorum, ilk defa izliyorum şekerin bir bardakta tadını yitirerek erimesini. Tadından olmasını hayatımın... Çaresizce izliyorum.

Günlerce uykusuz, düşündüm durdum. Hastalık mı dedim, değil gibi geldi sonra. Sapkınlık desem, yakıştıramam. Bir boşluk, bilmeden onu içine çektiğim ama olamaz, bir gün bile sezmedim. Benden önce de böyle miydi ya da sonra mı oldu böyle, böyle dediğim ne onu bile bilemedim.

İlk defa ihtiyacım var yardıma. İlk defa nasıl soracağımı bilemedim. Bu yaşıma kadar sır kalmışsa mezara mı gitmeli benimle, bilemedim. İki çocuğumun yüzü suyu hürmetine, susmalı mıyım bilemedim... Çaresizlik, ruhumu sömürüyor şimdi. Bunca yılın huzuru duman gibi yükseliyor şimdi başımdan.

İzin versem dedim birden, izin veriyorum ne yaşamak istiyorsan yaşa desem. Sevdiğin kimse git ve yaşa desem. Akşamları evine dön ve beni dostun say. Çocukların yine çocukların desem, ben yine hayat arkadaşın ama git içinde biriktirdiğin ne varsa sal desem, savur desem. Ya da tutup elinden götürsem mi bir doktora, içindeki boşluğa bilimsel bir dolgu mu istesem? Beni aldattığı için kovsam mı onu hayatımdan, yalanları için bağışlamasam mı ölene dek? Çocuklarımı alsam mı ondan, yıllarımı alsam mı? Bugün ilk defa yardıma ihtiyacım var, az geliyorum kendime, ona az geliyorum.

Kırılgan aşk sözcüklerindeki umutsuzluk çökmeseydi keşke içime sis gibi, görüş mesafemi böyle kısaltmasaydı... Ama oldu bir kere. Bilmiyorum ne yapmalı... Sevdiğim adamı başkasının önüne mi atmalı? Yapamam kahretsin!

Beni affet Tanrım, bugün ilk defa isyan ettim sana.

Ne Zaman Aşık Olsam

Her yolu mübah sayan aşk savaşı, masumları katledebilir

Ne zaman aşık olsam, başka bir insan kalbimin üstüne çadır kuruyormuş gibi hissederim. Hava almak için beynime çıktığını ve kollarını yana açarak gerindiğini rahatlamak için. İnimden çıkamadığımı, bunun bir parça da işime geldiğini ve çadır kuranın bir süre bedenimde hüküm sürmesine izin verdiğimi düşünürüm. Bu işgalci, bana çok benzer, elleri saçları yürüyüşü ama ben değildir aslında. Aklım ve kalbim arasında uzun yürüyüşler yapan ve aşka teslim olmakta hiç beis görmeyen bu kadın ben değildir. Ben o değilimdir.

Benim kararlarım daha katidir daima. Kâr zarar hesabımı yapar, doğrumu yanlışımı bilirim. Hatalı kararlarımın telafisi için uğraşır, yinelememek konusunda uyarırım kendimi. Özürlerim samimi, kızgınlıklarım mantıklıdır. İstemediğim sözler çıkmaz aklımdan ve istediklerim kalmaz içimde. Ben kendime ihanet etmeden yaşamak gayretindeyimdir. Kendine ihanet etmeyen etmez başkasına da, bilirim. İnandıklarım, erdem saydıklarım, güvendiklerim saklıdır göğsümde, yerlere dökmem ve ezdirmem sığınanlarımı. Yorgunluğum, uykumla geçer gider, rüyalarımla çoğalmaz asla. Ben başka biriyimdir, benzemem kalbimde çadır kurana.

Onun aylak yaşamı; işe yaramazlara özgü bakışı boşluğa, çocuklar gibi koşuşu ve yaşlılar gibi duruşu kıpırtısız, yabancıdır bana. Her yolu mübah sayan aşk savaşı, masumları katledebilir benim aksime. Yalanlar söyleyebilir kaybetmemek için, doğrularından utanabilir beğenilmez diye. Akılsızca fedakârlıklar, duygusuzca suçlamalar yapabilir bir göze girmek için. İnandığı gibi biri olmaktan vazgeçip kendisine yakışmayan bir post giyebilir üstüne, bir kalbi ısıtmak için. Çaresiz gözyaşları döküp utandıran yakarışlara sığınabilir ikna edebilmek için. Başka biridir benden.

Çoğunlukla bir şey hissetmem kalbime çadır kuran bu başka insana. Aşk bitince ve o gidince anlarım bu misafirlikten hoşnut olmadığımı ve o zaman anlarım yerimin o varken nasıl da daraldığımı. Bana ait olan bu bedende, bu kalpte ve bu akılda, bu kadar rahat dolaşması, düşündükçe bozar sinirlerimi. Bir daha gelmesin, gelirse de misafirliğini bilsin diye dua ederim. Ve merak ederim başkaları da bir yabancıyı misafir ediyor mudur aşık olunca? O gider ve çıkarım inimden. Toplarım ortalığı, dökülenleri saçılanları toplarım. Bana ait olanları ayırır ve alırım kendime. Bana ait olmayanları atarım üstümden. Silkinir ve gelirim kendime.

Bir dahaki misafirliğe dek kendimi severim. Ben, o kadar da kötü biri değilimdir aşık olmayınca.

Kaos

Tüküreyim kurduğunuz düzenin içine!

Kaos... Dört harfte dünyanın sırrı gizli. Düzenli masaların samimiyetsiz sohbetleri, vıcık vıcık aşkların mide bulandırıcı detayları, biçilmiş roller, kabullenilmiş kaderler, proje gibi geliştirilen çocuklar, topluma faydası olsun diye yetiştirilen insanlar... Hepsi, aslında gerçek olmayan bir dünyanın dekoru gibi. Oynadığı oyuna inanan aciz insanların bir koyun sürüsü gibi güdülüşü... Bunlardan etkilenmemi mi bekliyorlar? Bunlarla kandıracaklar beni. Sevmiyorum...! İnanmıyorum...! İstemiyorum...!

Yaşın gelince evlenirsin, başka bir yaşın gelince çocuk yaparsın, başka bir yaşta emeklilik, her şey sıraya koyulmuş bile. Sevgilinle kavgaların olacak, konuları belli, replikleri, barışma sahneleri belli. Ne sıkıcı, ne boğucu bu çizilen hayat!

Çalıştığın ofiste sevilmeye çalışacaksın, aslında kimseyi sevmeden ve tökezlesin diye dua ettiğin biriyle omuz omuza bitireceksin mesaini. Eline yüzüne bakılır bir adam bulacaksın sevmek için, çalışkan olacak, düşünceli ve fedakar. İnsan olmanın bunları gerektirdiğini ve olmazsa olmaz olduğuna inandırılacaksın bunların. "Baba olabilecek adam" tarifinin içi boşluğunu görmezden gelip o tip birini seçeceksin kendine hayatının sonuna dek. Kreşten başlayıp özel üniversitesine dek belki de embesil bir çocuğu kusursuzmuş gibi sevecek ve öyle olduğuna inandıracaksın herkesi, kusurlarını sevmediğin akrabalara, iyi yönlerine kendi genlerine yoracaksın. Altın günlerinde hiç sevmediğin kadınlarla iltifat yağmuruna tutulacaksın, özel yaşamlarındaki iğrençliklerini bilmezden gelme konusunda doktora yaparken üstelik. İğrençlik kime göre neye göre, o da başka bir delilik.

Hırsızlığı, tecavüzü, hak yemeyi, zulmetmeyi kötüden sayıp olmadığın gibi biri olmayı erdemler arasına katıp sinsice, mükemmel hayatlar mı yaşayacağız, inanıyor musunuz buna? Bana doğduğum andan itibaren yüklemeye çalıştıkları insan, gerçekten ben miyim? Bu kahredici düzenin yuttuğu insanlardan olmak istememin nesi kötü, nesi tehlikeli?

Kaostan besleniyorum ben. Evet düzensizlikteki samimiyeti seviyorum. Bu yaşıma dek teslim olduğum ve beni içime çeken zaruri rollerden sıkıldım, istemiyorum. Kavgalardan itişmelerden besleniyorum ben. İnsanların içindekileri kusmasını pek çok şeyden daha masum buluyorum. Sevmediğim birine zarar vereceğimi ya da zarar göreceğimi beni sevmeyen birinden, belki size göre aptallık, ama düşünmüyorum. Korkmuyorum herkesin şeffaf baltalarını tercih ediyorum maskelerine. Güdülmek istemiyorum, sömürülmek, kazanılmak ve kaybedilmek istemiyorum ben.

Bir an olsun inanmadığım değerlerini annemin ya da babamın emirlerini, kendimle büyütmek istemiyorum. Sahtekâr komşuların boş gönderilmeyen tabakları zehir gibi geliyor bana. Bu mecburi nezaketlerden tiksiniyorum. Kapı tutmasın kimse kimseye ya da asansöre ayağını sokmasın beklemek için. Hayatın iğrençliğini inceliklerle gölgelemesinler. Kapatmasınlar gözünü bir başka insanın, herkesin kendi çukurunda debelenmesine izin versinler. Domuzları çıkarmadıkları çamurdan insanı da çıkarmasınlar ki belki de tabiatı budur insanın.

Başkalarını bilmem, kendimden mesulüm ben. Bir göbek bağım oldu diye çıktığım rahme, harfleri öğretti diye bir öğretmene, orgazm olmama yardımcı oldu diye bir sevgiliye, beraber güldüm diye bir hemcinsime, beni güçlendirdi diye bir düşmana eğilip bükülmem. Kavgalıyım onlarla. Borçlu hissetmiyorum ve sevmek zorunda hissetmiyorum kendimi.

Suçlu bulacaklar beni. Mahkemeleri de onlar kurdular, o tanımadığım mahkemeleri. Vicdan muhasebeme dahil olabilmek için bir tanrı yarattılar iyice ileri gidip. Tanımadığım ve tanımayacağım sahte bir tanrı. Boşuna bu çabaları.

Dahil olmak istemiyorum bu aptal kesişim kümelerine. Beni toplayıp çıkarmalarını istemiyorum basit hesaplarında. İçinde bulunmadığım davalarda harcamalarını istemiyorum beni. Buna izin vermek yıkımım olur. Bu benim kendime ihanetim olur. Özgürlüğümün peşinde koşacağım yılları seçilmiş bir tutsaklık peşinde yok etmeye razı gelmeyeceğim. Beni bu oyuna çekemeyeceksiniz.

Basit bir yaşam savaşını meydan muharebesine çeviren korkaklığınızı sevmiyorum o cesur görüntünüz altında. İnsanları haline bırakamayan bu halsizliğiniz, bu tavırsızlığınızı sevmiyorum. Soktuğunuz kalıpları, döktüğünüz harçları, girdiğiniz kılıkları sevmiyorum.

Kaos, tek çare. Özgürleşerek ölmek istiyorum ben, tutsaklaşarak yaşamak değil. Hayat, sizin harcadığınız gibi bir şey değil. Hayat, benden harcamamı istediğiniz gibi bir şey değil.

Birbirine paralel olup olmadığını bilmediğimiz farklı evrenlerin insanlarıyız sizinle. Benden bir şey beklemeyin. Bu da manifestosu olsun direnişimin. Sevişeceğim, doyacağım, çarpışacağım ve öleceğim sizin aksinize. İtaatkar olmamı beklemeyin ve tüküreyim kurduğunuz düzenin içine!

Onlar

Güneşli bir pazardı
ve şimdi anlıyorum ki o,
hayatımdaki son güneşli pazardı.

İkinci evliliğimi Türkiye'de yaptım. Ama hayatımın ondan öncesinden de bahsetmek isterim. Frankfurt'tan Türkiye'ye kesin dönüş yapmış ve abimin de yaşadığı şehir olan Ankara'ya yerleşmiştim. Kızımın da babası olan eski eşim, mide kanseriyle olan mücadelesini acılar içinde kaybedeli dört ay olmuştu henüz. Oradaki resmi prosedürleri tamamlayıp gelmiş, birikimlerimizle Balgat'ta bir ev almıştık. Maddi sıkıntı çekmeyeceğimiz aşikârdı ancak ben de kızım da yorgunduk. Güçlü olmaya çalışmak beni düşündüğümden fazla yıpratmıştı ve bu yakıcı ölümle bünyem de çökmüştü. Uyku düzenim ve psikolojik sorunlarım için bir uzmana başvurmakla başladım işe. Kızım için de ona yardımcı olabileceğine inandığım genç birini buldum. Terapiler, ikimizi de hâl yoluna koyuyordu. Biraz daha toparlandığımda eşimi kaybedeli bir koca senenin geçtiğini fark etmiştim. Uzun bir süre miydi göz açıp kapayana dek geçmiş miydi bilmiyordum aslında. Kafam karışıktı ama daha çok sığınma isteğim karıştırıyordu beni. Yanımda birini istiyordum artık. Vicdanlı, iyi huylu, sabırlı, anlayışlı birini. Hayat gailesiyle yorulmayacağım, her şeyin iyisinin benim için düşünüleceği bir hayat. Birinin koluna girip yürümeyeli o kadar uzun zaman olmuştu ki... O güven duygusunu nasıl özlediğimi anlatamam.

Abim ve eşinin de aracılığıyla eşini kaybetmiş biriyle tanıştırıldım. Kızımın onayını ve desteğini almıştım. Kendimize gelmemizi yeni insanlarla kutluyorduk sanki. Acımasızca gelebilir ama aslında değil. O 19 yaşındaydı, bense 48. Hayatımızın son dokuz yılı nerede sonlanacağı ya da şifaya varacağı belli olmayan bir hastalığın derdiyle geçmişti. Ruhumuzun açlığı ortaktı galiba, hayatıma birini almam konusunda bana sonuna dek destek verdi. Üniversiteye geçiş yapmış ve orada kendisine iyi gelen bir gençle arkadaşlık etmeye başlamıştı. Hayatımızın değişmek üzere olduğunu ve artık o eşiği geçtiğimizi düşündüğümüz günlerdi.

Tanışmamızın üzerinden iki ay geçti ve evlendik. Dünyanın en naif insanlarından biriydi, çok düşünüp az konuşan sakin ve huzurlu bir limandı bizim için. Kızımın bizimle yaşamak yerine bana ait olan evde yalnız yaşamasını kabul etmedi ve onun Çayyolu'ndaki müstakil evine taşındık. Evimizi kiraya verdik ve kirayı kızımın geleceği için biriktirmeyi önerdi. Hiçbir ihtiyacımızı gözden kaçırmıyor ve rahat etmemiz için elinden geleni yapıyordu. Günde en az üç saat okuyor, yazıyor ve akşamları kızımla satranç oynuyordu. Balık tutmaya gittikleri günler bana düşen evde kalıp salatayı hazırlamak ve helvayla taçlandırmak oluyordu. Zor hayatımız basitleşmiş ve kolayca mutlu eden bir çikolatalı pastaya dönüşmüştü sanki. Dostlarımızla keyifli sofralarda sohbet ediyor, yaz tatillerinde tekneyle açılıyor, tüm bayramları bir aile gibi geçiriyorduk.

Kendimden çok kızım için mutluydum, tüm anneler gibi. Eşimle cinsel yaşantımız vardı ve sanırım mutluydum da. Üç kişilik dünyamız sanki yıllardır buydu ve eski hayatımızı unutmak bazen suçluluk yaratıyordu içimde. Giderek sevdiğim ve saydığım bir adamla evliydim. Yanında eşimden rahatlıkla bahsedebildiğim, dualarını esirgemeyen ve kızımı kendi kızı gibi seven, koruyan bir adamla. Gerçek olamayacak bir rüya gibiydi.

Ankara'ya yaptığımız kısa ziyaretlerde sıkılmıştık yıllar yılı. Hayattaki tek yakınım olan abim, bu sıkıcı şehrin bizi utandırırcasına iyi geldiğini düşünüyor ve bunu şaka yollu yüzümüze vuruyordu. Aile olmayı yeniden başarmamız ona da mucize gibi geliyordu. Ailece toplandığımız bir rakı balık gecesine kızımın erkek arkadaşını da davet etmiştik, bu ilk tanışmamız olacaktı. İlişkilerinin ciddiye gittiğini hissediyor ve her şeyiyle ilgilenen bu çocuğu içten içe seviyordum. Hayalleri, idealleri ve değerleri olan biriydi. Kızıma da aşıktı belli ki.

Yemek bol sohbetli ve sıcak geçti ama sonrasında eşim tarafından beklemediğim kadar net biçimde uyarıldım. Bu çocuğun göründüğü gibi biri olmadığı ve güzel kızımızın ondan zarar görebileceğini söyledi, bir şey bilir gibi emindi. İhtimal bile vermemiştim nedense ama içime de bir kurt düşüvermişti. Bu konudan, hiçbir dayanağı olmayan bu kuşkulardan nasıl bahsedeceğimi bilemiyordum. Ve derken bir sabah kahvaltısında açılıverdi kutu, çok fazla güvenmemesi ve hiçbir şey için acele etmemesi yönünde uyardığım kızım, ilk defa o sabah kapıyı çarparak çıktı. Güneşli bir pazardı ve şimdi anlıyorum ki o, hayatımdaki son güneşli pazardı.

Kızımın peşinden beni teskin ederek çıkan eşim, yanında kızımla geri döndü 2-3 saat sonra. İkisi de sakindi ve kızım öfkesinin yerine büyük bir gülümseme konduruvermişti. Durduk yere gülümsediğine tanık oldum ondan sonra. Aklına bir şey geliyor ama sorduğumda o şeyi söylemiyordu. Aramız çabucak düzeldi. Eskisinden de ilgili ve evcimendi, fark ediyordum. Hayatımızda ikinci defa büyük bir krizin kolayca aşıldığını düşünüyordum. Yanılıyordum oysa ki.

Aradan geçen sekiz ay boyunca baba-kız gezmeleri beni hep mutlu etti, bana aldıkları çiçekler, hazırladıkları sürpriz pazar kahvaltıları, gülüşerek geçen akşamlar ve iddiası hep artan satranç karşılaşmaları... Her şey yolundaydı ve o oğlan tamamen çıkmıştı hayatımızdan, hem de aylar önce. Haklıydınız demişti kızım. Ona babalık eden birine denk geldiğim için kendimi çok şanslı saymıştım.

Öpüştüklerini üst koridorda banyo kapısının

karşısına düşen aynadan gördüm ilk defa. Kızımın, babası saydığım adamın, eşimin ağzında ustalıkla dönen dilini. Kıpırdayamadım. Dünyanın en büyük depremlerinden biri yaşandı sanki o an, yer ayaklarımın altından akıp gitti. Bayıldığımı düşündüğümü hatırlıyorum ama bayılmadım. Doktorun teşhis koyamadığı o ölümcül hastalıkla günlerce yattım. Başımı yerden kaldıramadan ve şuurumu tamamen kaybetmiş gibi.

Basiret bağlanması dedikleri şeyin ne olduğunu çok iyi anlıyordum. Ancak ayağa kalkabildiğim ilk an, kalkıp eşyalarımızı toplamaya başladım. Kızımı, sırtlanlara yem etmek için getirmemiştim dünyaya ve içindeki boşluğun böylesi bir pislikle doldurulmasına seyirci kalamazdım. Onu da alıp bu evden gidecek, bunun yanlışlığını anlaması için ne gerekiyorsa yapacaktım. Bir psikiyatristle görüşülür ve biraz zaman alsa da düzelirdi. Planlar yapıyordum toplanırken ama onlara sadık kalamıyordum. Elim ayağım tutmadan topladım valizlerimi. Evin kapısından elleri kolları dolu, gülüşerek girdiklerinde 'gidiyoruz' dedim kızıma "Bu rezillik bitti!".

Açıklayabilirim demediler, bir Türk filmine dönüşen hayatımızla ilgili açıklama yapmaya yeltenmediler bile. Kızımın yüzünde utanma gördüm bir anlığına ama sonra koluna yapışan adamdan aldığı güçle bir meydan okuma. Dünya yeniden ve bir daha inşa olmamacasına başıma yıkıldı. Benimle gelmeyeceğini söyledi en sakin sesiyle. O adam da kızımın burada onunla kalacağını. Arsızlığın bu kadarı nasıl zorladıysa bünyemi, saatler süren itiş kakışı ve bağrışları net hatırlayamıyorum bugün. Kızımı almadan çıkmamak için o evden uzun uzun direndim ve sonunda kapının önüne koyuldum bir köpek gibi.

Uyandığımda abimin evindeydim. Belediyeye leş toplatır gibi aldırmışlardı beni evin önünden. Abim öfkeli, kaygılı ve şaşkın, duruyordu başımda. Olanları anlattığımda fırlayıp gitti. Onca kavgaya gürültüye rağmen kızım hiçbirimizi istememiş onunla kalmayı tercih etmişti. Polis, yaşından dolayı suç haddini doldurduğunu ve ikisine de bir şey yapılamayacağını söylüyordu. Bir adam benim kızımı, böylesi iğrenç bir oyunla elimden alıyordu ve benden de buna izin vermem bekleniyordu. İmkansız!

O benim kızımdı... Canımın bir parçası. Doğumu on dört saat sürmüştü ve onun için çektiğim sancı bir hiç gibi geliyordu şimdi. Bu dünyayı istemeden terk eden eşimin hatırasına ihanet etmiştim ve bunun bedelini kızımla ödemiştim. Kendimi buna inandırıyordum elimde olmadan ve tarifi imkansız biçimde suçlu hissediyordum. Nasıl görememiştim yirmisinde bir kızı kendine böyle bağlayan bir adam, onun babasızlığından ve kötü hatıralarından böylesi istifade eden bir adam nasıl benimle aynı yatağa girebilmişti? Aklım almıyordu olan biteni. İçim almıyordu. Bitmeyen kovalamacalarımızdan bilmem ne kadar sonra kaybettim onları. Ankara'dan ayrıldıklarını duymuştum, deli divane gibi şehir şehir geziyor her söylentinin peşinden gidiyordum. Ben peşini bırakmadıkça düşmanlaşmıştı kızım.

O muydu, o kahrolası adam mı bilmiyorum ama hırs dolu mesajlar alıyordum ben peşlerinden koştukça. Sevişmelerinden söz ediyorlardı. Mutlu olduklarından ve asla ayrılmayacaklarından. Kızımın masum olmadığını ve ondan vazgeçmem gerektiğini söylüyordu artık yakınlarım. Evet masum değildi ama zaafları vardı onun, yaraları vardı. Ve ne olursa olsun kızımdı, geri alacaktım. O adamın kim olduğuna uyanması için dua ediyordum kızımın, her gece dua ediyordum. Dualarım yankı bulmuyordu yukarıda...

Neredeyse iki yıl sonra, bir gece yarısı çaldı kapım. Kızım ayakta duramayacak vaziyette kapımdaydı, dudağı patlak, saçları dağınık. Para bekleyen taksiyi işaret etti güç bela ve yığılır gibi girdi içeri. Ona kapımı açtım. Hamile kaldığı için dayak yediğini ve son parasıyla İstanbul'dan Ankara'ya geldiğini anladım ancak. Bu hâlde bir şehirden bir şehre geçmek şöyle dursun iki oda arasında yürümemiştir o güne dek. Bizden, ne benden ne babasından bir fiske yememiştir. Buna bir hata gibi bakmaya çalışsam da hiç pişmanlık duymadım.

O bebeği isteseydi doğurmasına izin verecek ve ona da kızım gibi bakacaktım. İstemedi. Kürtajdan sonra neredeyse üç ay birkaç kelime dışında konuşmadı benimle. Utancından kendini yiyordu, görüyordum. Eridi gözümün önünde. Ama kızımdı o benim, benim kalacaktı.

Bir daha hiç açmadım bu konuyu, o konuşmak isteyene dek. Güvenip konuşabileceği birine danıştık ve ilaçlarla, zamanla, inançla iyileşti. Benden bir defa af diledi, ayaklarıma kapanıp. Onu çoktan bağışlamıştım. Kızmaya çalışmış ama üzüntümün yanında var edememiştim kızgınlığımı. Kızımdı, kazanmıştım.

Eğitimini tamamlaması için başka bir ülkede başka bir yaşam kurmaya karar verdik. Oraya yepyeni iki insan olarak gitmeye. Şans dileyin.

O Adam

Yaşlanmak,
hoş görmekle birlikte
oturan bir şey değil mi bedene?

"Yazık" dedi adam, tekmeleyemiyor insan kendini. Belki de bunun için var aynalar. Hiç olmadı "Bir tükürürüm suratıma en okkalısından." Böyle düşündü, böyle dedi içinden de siz benden iyi bilirsiniz kıyamaz insan kendine. Tüküremedi.

Terk ettiği kaçıncı kadın bu sayamıyor cips yerken. Cipsin sesinden midir nedir bir kafa karışıklığı alıyor bünyeyi. Ya da sayı yüksek de cips işin bahanesi. Maç izlemese cips de yemeyecek aslında. Bütün özel günlere denk gelen bir maç olması onun suçu değil ona kalırsa. TFF'si UEFA'sı hepsi mi ilişki düşmanı? Kendisine hazırlanan sofralarda soğuttuğu yemeklerden özür dilemek geldi içinden hep. Bir soslu biftekten mesela. Oysa bir gün bile düşünmedi soğuttuğu kadınlardan özür dilemeyi.

Doğum günü dediğin bir kere değil mi diye düşünür içinden yılda en az iki kere. Doğduğun günün çok uzakta kaldığını bilerek bu heves dolu kutlamalar niye? Yaşlanmak, hoş görmekle birlikte oturan bir şey değil mi bedene? Yaşlanmayı içtenlikle kutlamayınca bu öfkelenmek niye?

Saçları uzunken daha güzelse kadının ve kestirdiğinde fark edilmeyecek kadar hiçleştiyse methiyeler düzmek, düzene koşulsuz hamallık etmekti onun için hep. Ve düşündü adam; kendi gözüne pembe gözlükler takıp dünyanın gerçeğini unutmak mı aranıyor "erkeği" olan bende?

Terk edilecek adam olduğunu bilerek ve duyarak günde beş vakit ibadet gibi inanarak, hâlâ terk edilmemesi "sözüm ona iyilik" mi peki? Kim böyle bir iyilik istedi? "Ben" dedi adam, sahi bütün kötülükler benim görev alanıma mı girmeli?

Terk etti adam. Yeniden. Eksik bulunan ve tamamlanması gerektiğini düşünmeyen bir cümle gibi. Yine yarım bıraktı birini. Önce suratına tükürmeyi düşündü aynada ama dedim ya kıyamadı sonra. "Önümüzdeki suçlara bakalım" dedi bilinçaltından fışkıran bir pişmanlıkla. Sonrası aynı terane. Olduğu gibi sevileceği ve layığıyla seveceği bir ilişkiyi hayal etmeye dahi üşenen adamın olağan tavrıyla.

Aynaya baktı ve saçını düzeltti.

Beni terk etti ve kendi hayatımın dışında bıraktı beni.

Onu Almalıyım

O benim,
beni kendinden fazla seven alt kümem

Kime sorsanız daha çok sevilmek ister. Kime sorsanız hak ettiğini bulamamıştır evet, ben de benzer şeyler söyleyeceğim size. Ama bir düşünün, belki de haklıyımdır...

Bambaşka hayallerle çıkmıştım yola. Hiçbir ilişkiye benzemeyen ilişkimiz, nihayetinde hiçbir şeye benzemez oldu. Neresinden tutsam elimde kaldı, neresine sığınsam itti dışladı beni. Hatalarımla da yüzleşeceğim elbet. Amacım kimseyi yermek değil. Çözüm mü, onu da aramıyorum. Amacım iç dökmek.

Çok gençtim elini ilk defa tuttuğumda. Bütün genç kızların pembe panjur hayali, bana da sirayet etmişti. Kız çocuğumuz olursa adı şu, erkek olursa bu olacak diyorduk. İşten eve koşarak geleceğinden emindi her akşam. Birlikte çıkacağımız tatiller, göreceğimiz ülkeler... Rotamız çizilmişti kader tarafından ve biz bize düşenin yalnızca emin adımlarla yürümek olduğundan emindik. Mutlu olmak isteyen insanları bundan alıkoyacak bir şey yoktu evrende, olamazdı. Annesi annem olacaktı, babası babam. Hiç sahip olmadığım kocaman bir aileye sahip olacaktım onunla. Kocaman umutlara, sıcak bir yuvaya daha. Bahçemizde köpeğimiz, akvaryumda balıklarımız, canlı ve cansız sevdiklerimiz olacaktı hep etrafımızda. İnsan, hayallerinden önce ölmeli. Hayal etmeyince bir şeye benzemiyor dünya.

Evliliğimizin ilk üç ayı rüya gibiydi. Dip dibe olmamızdan sıkılanlar olmuştur eminim ya da nazarı değenler. Her gece aşkla seviştik, her gün tutkuyla özleştik. Cennetinde bana yer açmış gibiydi Allah, ne kadar şükretsem azdı. Mutlu bir film çekmek isteseniz tıpkısı olurdu kafanızdakinin. Biz onları hayata geçirdik.

Sonra bir rüzgar dağıttı sanki bizi. Birden savruldu içimizdeki cevher, heder olduk. Bir sihirli el, kötülük için kullanmış gibiydi olağanüstü gücünü. Kavgasız günümüz kalmadı birden. Bu değişim ne ara olmuştu bilemedim, bu sert geçiş ruhuma ağır gelmişti. Reçetesiz ilaçlarla zinde tutuyordum kendimi, biraz da alkol. Dozu sonra artacaktı ve ben ölçüsünü kaçıracaktım her şeyin. Eve gelmez oldu. Ütülü gömlek, çorabın teki, yemeğin tuzu, köpeğin maması, annemin ilacı...Bunları bile sormaz oldu. Lütfen girdiği çatının altında, bir yabancıyla yaşamaya başladım birden. İşe giderken baş ucuma bıraktığı para neyin karşılığı diye düşünüyordum, sevişmiyorduk bile. Bıçak gibi kesilen mutlu günlerimiz, beni hasta etti. Sessizliği, tepkisizliği daha da büyüttü tepkilerimi.

Küfür nedir bilmezdim, öğrendim. Ağır suçlamalarda bulundum, iç karartıcı tahminler yürüttüm ve mütemadiyen suçladım. Daha da uzaklaştı benden tıpkı bir mevsim gibi. Diğer yarımküreye göçen. Zaman ağlayıp sızlamakla içip sızmakla geçiyordu. Para harcıyor, saçlarımla uğraşıyor, anlamsız ne kadar uğraş varsa onlara sarıyordum. Hayatında biri olduğundan emindim. Ama bir açıklamayı bile hak etmediğim düşünülüyorsa daha fazla medeni olacak da değildim. Altıncı ayın sonuna geldiğimizde birbirinden nefret eden iki insana dönüşmüştük. Bu, görmeyi aklımdan bile geçirmediğim bir kâbustu.

Dört yıllık ilişkimizde tüketemediklerimizi üç ay gibi bir sürede tüketmeye başlamamız ve altıncı ayda sıfırı görmemiz normal değildi evet ve iyi insanlara yaraşır bir son da değildi. Ondan emin değildim ama iyi bir insandım ben.

Psikoloğum, evet psikoloğun parasını da o ödüyordu, bana, yazarak anlatmamı o önerdi. Konuşamadıklarımı, dinletemediklerimi ya da, yazarak anlatacaktım. Kırgınlıklarımı, soru işaretlerimi, istek ve taleplerimi, hepsini yazacaktım. Başladım ve yedinci sayfanın sonuna geldiğimde güç bela toparlayıp bitirdim. O kadar güzel günler görmüştüm ki onunla, birden tepetaklak olmamızı da sanırım darmadağın anlatmıştım.

Ve bir cevap geldi ondan. Kısacık benimkine nazaran.

“Sayfalarca yazmışsın. Peki saydın mı kaç kez

'ben' demişsin. Ben sayamadım, o kadar çoktu, yine ve hâlâ. Bana en son ne zaman işlerimin nasıl gittiğini sordun ya da nasıl hissettiğimi kendimi? Her zaman söylediğin gibi 'ne olursa olsun her şeyi dışarıda bırakarak girelim evimize sevgilim, aşktan başka bir şey girmesin yuvamıza.' Hayat bu değil, mutlu anlardan, romantik paylaşımlardan ibaret değil. Evlilik de öyle. Sen dışında her şeyi dışında tutmak zorunda bırakıldığım bir eve türlü sorunlar nedeniyle daha az gelmek zorunda kaldığım için özür dileyemeyeceğim. Bu kadar yalnız hissettiğim ve hayatı değil yalnızca aşkı paylaştığımız için de en şanslı eş hissedemeyeceğim kendimi. Tükettiklerimiz için kendini de eleştirmelisin. Hafta sonu fuarda olacağım, yanımda bir kadın olmayacak daha önce de olmadığı gibi. Döndüğümde avukatla görüşmeyi öneririm."

Evliliği yanlış anlamıştım, farkında olmadan genç kız telaşlarımı her şeyin önüne koymuştum belki. Ama bunu bana söyleyebilirdi. Ben alkolik olmadan ya da antidepresanlarla böyle yakın arkadaşlık kurmadan.

Peki tamam kabul ediyorum. O dertlerini hiç söyleyemez. Çocukluğu ve gençliği boyunca çalışmak zorunda kalmış durmadan. Geniş bir ailenin tüm sorunlarıyla mücadele etme görevini üstlenmiş, akılcı tarafı olmuş ailesinin. Üzerine giderseniz kavga etmez, kırılır. Ona vermediğiniz cevap haklarını zorla kullanmaz ve karşılık vermez sevdiklerinin acı sözlerine.

Her günümün nasıl geçtiğini sorardı, mutlaka. Hiçbir şey yapmadığım koca günleri, dünyanın en önemli şeyiymiş gibi anlatırdım evet. Sabırla dinlerdi. Eksiğim var mı sorardı, yapmak istediğim bir şey ya da. Yanıtıma göre çizerdi tüm planını, maddi ve manevi bütün planlarını. Hiçbir sıkıntısı için ah vah etmedi. Hiçbir derdiyle dertlendirmedi beni. Üzerime gelmedi, suçlamadı, yetmeye çalıştı hep. Hakkını yediğimi anlamak canımı sıkıyor, hırçınlaştırıyor beni.

Yaşadığı sorunları görmedim, görmek istesem görürdüm ama mum ışıklı soframızda konuşulmasın diye sormadım, görmek istemedim. Aşk filmlerini bölmek istemedim başka hiçbir şeyle. Her gece masaj yaparken bana, sinirden katılaşmış omuzlarını bilmedim. Bana yonttum bu evliliği, kendimi koydum odağına. Biz olmayı beceremedim.

Kızgınım kendime. Kızgın olmamaya çalışsam da. Üste çıkmak için çıksam da yola, altta kaldığım doğru. Ama kazanmalıyım onu. O benim, beni kendinden fazla seven alt kümem. O, yeniden benim olmalı. Hayatı paylaşmalıyım onunla, anladım ki aşk, paylaşılsa da az insana.

Hak Edilen

Kuyruk sokumumda sigara söndürdüğünde doğum günümdü

İnanması güç şeyler yaşamıyorum. İnanmak istemeyenlerin çok olduğu şeyler yaşıyorum. O pahalı sandığım insanları tanımanın güç olduğu günlerdeyim, öylesine yaşıyorum. Bildiklerini görmezden gelmeyi ve beni bu kuyunun dibinde bırakmayı tercih ediyorlar. Yüzme bilmiyorum ben ama bilseydim de fark etmezdi, bu dar kuyularda yüzecek alan yok. Ölmeyi bekliyorum.

Paraya kapıldığım doğru. Satın alabileceklerimle mutlu olacağıma inandığım ve büyük bir hata yaptığım doğru. Sevdiğim adamı, daha zengin ama sevmediğim bir adam için terk ettiğim ve arkama bile bakmadığım doğru. Beş para etmez biri olduğum doğru. Ama bunun hesabını üç kuruş bile etmeyenlere vermek istemiyorum, direnerek ölmek istiyorum. Kimsenin mükemmel olmadığı doğru!

Eğreti durduğum cemiyet davetlerinde hangi şarap hangi kadehte içilir öğrendim. Hangi elbise hangi tasarımcının öğrendim, hangi tablo hangi ressamın ve başkentlerini tüm ülkelerin. Görerek dokunarak öğrendim. Ödedikçe büyüdüğünü sananları tanıdım, emrettikçe yüceldiğini sananları. Ama kaçmadım onlardan, içlerinden biri olmaya çalıştım.

Bu basitliğim, bu basiretsizliğim bir karşılık bulacaktı onlarda elbet. Bu kişiliksiz "biri" olma çabam, bu kendimi var etme telaşım, bir karşılık bulacaktı. Gözlerinde bir fiyatım olacaktı elbet. İndirimlerde almaya çalışacaklardı beni ve etiketim, kendimi değerli bulmaya başladığımda yırtılacaktı.

İlk tokadımı, uzak bir ülkede dilini bilmediğim insanların arasında yedim. Sığınacak kimsemin olmadığı bir yerde. Sığınacak kimsem kalmayalı çok olmuştu ama yine de öyle bir yalnızlık sardı ki beni, her şeyin daha yeni başladığını düşündüm bir anda. Sonra pahalı bir gerdanlıkla unuttuğum bu düşünce, şimdi bütün hücrelerimde. Keşke unutmasaydım diyorum her gün. Keşke ta en başında durabilseydim olacakların önünde.

Kuyruk sokumumda sigara söndürdüğünde, doğum günümdü. Doğduğum için o kadar çok pişman olduğum bir gün daha hatırlamıyorum. Annem, ben doğduğumda eşsiz ve paha biçilemez olduğumu düşünmüştü o yoksulluk kokan evde. Ama şimdi satın almak mümkündü beni. O yanık acısını unutturacağını düşündüğü bir arabayla gezdim sonra. Ve biliyorum ki sızladı annemin kemikleri.

Tecavüze uğradığımda ilk ve son sanmıştım, iyimserliğim diz boyu. Küvet bataryasına bağlandığımda da, suratım duvara yapıştırılıp eteğim arkadan sıyrıldığında da, uzun yolda ağzıma çakıl taşı doldurulduğunda da son sandım olanları. Her defasında unutmak için daha pahalı ama daha değersiz bir hediye aldım sus payı. Yalnızdım, mış gibi yaptım ama unutmadım olanları. Giderek hatırlanır kıldığı hayatımı unutmadım. Daha iyi yaşamak için ardımda bıraktığım hayatı unutmadım.

Klişelerle dolu Türk filmlerinde olduğu gibi her şey. Geride, zarar görmesinden korktuğum sevdiklerim, uzak bir hayal gibi duran sevdiklerim üstelik. İleride, yaşanmasaydı daha iyi olur dediğim ve dibine kadar yaşanmış bir hayat. Bunların hepsi benim ve benim suçum bu olanlar. Sessizliğim bir ekmek kadar bayat.

İlk defa yardım istediğimde birinden, nasıl çevireceğini şaşırdı başını. Küçük bir tatsızlık, basit bir nazlanma ve tutkulu bir aşkın mahrem sırları... Öyle yorumladı hiç inanmadan. Aslını bilerek işin ve elini koymadan altına hiçbir taşın. İkincide de koca bir suskunluk karşıladı beni. Her gün aynı sofralara oturduğumuz, aynı güneşin altında denize girdiğimiz, aynı davetlerde kadehler tokuşturduğumuz insanlar, birer yabancıydı bana. Dost olmamışlardı hiç, sahip olmamıştım onlara. Duymazdan geldiler beni, olması gereken oluyormuş gibi baktılar yüzüme. Basit tutkumun basit sonucu gibi görünüyordu galiba gözlerine, ödediğim sıradan bir bedel. O kadar büyük bir yalnızlık ki içinde debelenip durduğum, bitsin de istemiyorum artık. Kalabalıklaşsın istemiyorum dünyam, yapayalnız ölmek istiyorum yatağımda. Çırılçıplak, tıpkı geldiğim gibi, öyle gitmek istiyorum.

Kimseye yüklemiyorum olanların ağırlığını, kimseyi suçlamak istemiyorum. Kötü birini kötü olduğu için suçlamak istemiyorum, zengin birini zengin olduğu için suçlamıyorum. Her şeye sahip olmaya alışmış birini her şeye sahip olmayı başardığı için suçlamıyorum. İnsanları oldukları gibi yaşadıkları için suçlamıyorum. İkiyüzlü, vicdansız ve kibirli oldukları için suçlamıyorum. Ben kendimi suçluyorum, başka biri olmaya çalıştığım için. Pahalı bir yaşam için ucuzlaşan kendimi suçluyorum ben. Ölmeyi bekliyorum. Elimi uzatmaktan ve yalvarmaktan vazgeçiyorum. Öyle kıpırtısız, öyle teslim olmuş, öyle yanılmış duruyorum.

Ben

Profesyonel sevdalar yaşadım ve gerek görünce öyle de terk ettim.

Yüksek plazaların topuklu ayakkabılı kadını olmak için ertelediğim hayat, şimdi çok uzaklarda; yakalamak imkansıza yakın. Hırs yaptıklarım, bana özgü değilmiş anladım. Her çalışan başarabilir, her peşinden koşan yakalayabilirmiş. Hiçbir iş, aşk değilmiş anladım.

Şimdi düşler ülkesine aitmiş gibi görünen sıradan çocukluğum, ne kıymetliymiş meğer. Kalabalık pazar kahvaltıları, bayram sabahı girdiğimiz el öpme sırası, bölüşülen kestanenin sıcaklığı ne başkaymış. Aile olmak ne başkaymış. Bıktığını nasıl da özler olurmuş insan... Başarılı ve mutsuz insanlar nasıl da zavallıymış...

Hiçbir sevgilim için fedakârlık yapmadım ben, hiçbiri için bir gram koymadım edeceğimin üstüne, hiçbiri için bir gram vazgeçmedim edeceğimden, hiçbirine yeterince değer vermedim. Hatır için bir adım atmadım ve gönül koymadım hiçbir adım için. Küsecek ya da barışacak kadar insancıl olmadım hiç. Profesyonel sevdalar yaşadım ve gerek görünce öyle de terk ettim.

Fahişe Aşkı

Rüya gibi bir kadının kabus gibi bir hayatta karşıma çıkması neden?

Aşık olduğum kadın, bir fahişe. Para verirseniz siz de yatabilirsiniz üstüne. Dört farklı ücretlendirmeyle muamele çekebilir, ben kefilim. Referanslı müşterilere gider, başına iş açmamak, katille uğursuzla uğraşmamak için. Seçici biri yani tam da hayal ettiğim gibi. Ortak bir tanıdığınız varsa siz de kendisiyle güzel bir gece geçirebilir ve sonra o ortak tanıdığınızla değerlendirmenizi yapabilirsiniz. Kusurlarını sayabilir, memnuniyetinizi dile getirebilirsiniz. Onunla istediğiniz gibi sevişebilirsiniz, sınırları, bedavaya getirecek kadar aşmadığınız sürece. Ama siz onu sevemezsiniz. Sevmek, referanslı ortak tanıdıkların işi değil, sevmek verdiğin kadarını almak istemek değil. Sevmek başka bir şey, siz bilemezsiniz.

Filmlerdeki gibi bir sapık olduğumu düşünmesin diye, soğukkanlı ama buna rağmen aşırı duygusal bir seri katil olduğumdan şüphelenmesin diye, dokunmaktan bile imtina ederken, sohbet etmek, saatlerce izlemek isterken çullandım üstüne. Emdim. Canımın acısını emerek kanatarak geçirdim defalarca. Kendimi hafiflettim bir yerde. Ona ağır gelmemek için hafiflettim.

İlk buluşmamızda oldu ne olduysa, en büyük isyanım yükseldi içimden, dilerim affetsin beni Tanrı. Bir hukuk öğrencisine yakışır gözlüğü, o gözlüğün koruma altına aldığı bal rengi cevher, yemek boyunca bir kuğu kadar zarif hareketlerle aklımı alan ince bilekler, omuzlarına evrenin çatısı gibi kıvrılarak dönen kürek kemikleri, pembemsi beyaz tenindeki tazelik ve elinin bütün itirazlarına rağmen yüzüne düşüp duran parlak kumral saçlar... Rüya gibi bir kadının kabus gibi bir hayatta karşıma çıkması neden?

Onunla yatmak istemedim. Herkesin yattığı biri olmasaydı onunla yatmak isterdim. Ama ben herkesin aksine onu tanımak istedim, saatlerce sohbet etmek, gün doğumunu izlemek ve paçalarımı kıvırıp denize girmek istedim. Ben onunla, en güzel aşk şarkılarının kliplerinde neler yaşanıyorsa onları yaşamak istedim ve o şarkıları söylemek istedim kulaklarına. Yemek bitsin istemedim. Midemin kalbime kadar genişleyip aniden daralmasını ve bunun elimde olmadan defalarca yapmasını sevdim. Saatler geçti, sabırsızlığını ısırdığı dudaklarından okur oldum ve nihayet odamıza çıkmak istedi. Odamız dediği, parasını veren herkesin manyetik bir kartla açabildiği kapının ardındaki büyük yataktı. Birden canım yandı. Asansörde düşündüm, o ise aynada saçlarını düzeltti ve gözlüğünün üstünden soran gözlerle baktı bana, bense düşündüm. Sana aşık oldum demeyi, gülme bana demeyi, evime götürmeyi ve bir fahişe gibi görünmediği için kızmayı düşündüm. Demedim. Herkes gibi davranmayı seçtim.

Bir dahaki buluşmamıza dek lanet edeceğim bir sevişmeyle tatmin oldum o gece, mecburen ve hayatımda ilk defa kendimi hadım etmeyi düşünerek. Öğrenilmiş hareketlerinden, ustalaştığı orgazm taklidinden, giyinirken takındığı profesyonel ama samimi tavırdan ve sırf sormak için sorduğu basit sorulardan nefret ettim. Müşterileri arasında kimlerin olduğunu sormak istedim ama öğrenmek istemedim. Aklımdan çıkmayanlar listesine, altında inlediği birilerini eklemek istemedim. İçlerinden çıkan tanıdıklarımı saymak istemedim. Hayatımda hiç kimseyi tanımamış olmak istedim, herkesi unutmak.

İkinci buluşmamızda daha fazla ödeyerek çiftlik evime götürdüm onu. Biraz daha fazla ödeyenlerin nerelere götürebildiğini düşünüp dertlendim. Şömineyi yaktım içimle beraber, en sevdiğim şarabı açtım sarhoşluğa hasret. Biraz daha uzun konuştuk, biraz daha fazla gülüştük ama nihayetinde bir yatağı bölüştük. Sonu belli bir filmi merakla izlemeye çalışmam neden?

Hep aynı nakarat. Ben ödedim, o sattı kendini. Susmak istediğimde susacak, beklemek istediğimde bekleyecek ve boşalmak istediğimde boşaltacak alışkanlık oluştu aramızda zamanla. Hayatlarımızdan söz edecek yakınlığa da vardık sonunda. Şikayet etmesi için dua ettim, bu hayattan kurtulmak istediğini söylesin, kaderine lanet etsin ve huzurlu bir aile istediğini söylesin, kendisini kimsenin tanımayacağı bir yerde yaşamak istesin istemiştim. Aylardır biriktirdiğim sözcükleri dökecektim yere. Gel benimle diyecektim, bırak bu referanslı hayatı, bırak bu insanları, bu yatakları geride. Gidelim ve uzaklarda bir yerlerde sevelim birbirimizi. Bedava, sevişmek bedava olsun olanca zenginliğimizde.

Diyemedim. O hiç şikayet etmedi, hiç lanet etmedi kaderine. İsteyerek yaptığı işi ve onun getirdiklerini seviyordu işte. Filmlerdeki fahişelerden değildi o, hayat bir film de değildi zaten, anladım.

Ödeyerek sevmeye devam ediyorum. Paha biçemediğimi uzaktan sevmeye devam ediyorum. İçindeyken bile uzaktan sevmeye... Acı çekiyorum.

Öyle Çok Özlerim Seni

Ve aynı şehirde,
aynı ışıklar altındayken
aramıza yeniden giren ışık yıllarına
kızgın değilim.

Her şeyin başladığı yerdeyim ....

Biliyor musun?

Taşıyamayacağım kadar ağır yerküre bu aralar...

Basit film senaryoları gibi; yönetmen başrol oyuncusuna kıyamazdı, buna güvendim iyi geldi. Sen yalnız çıktığın yolların yorgunuydun ve bu bana, ayların yorgunluğundan daima kolay geldi... Gittiğin yollar, güttüğüm sevgiden ağır geldi.

Ateşin çıktı belki, kanına enjekte ettiler aşkından başka zehir ve tıp dilinde panzehir... ki, tıp susmaktı biraz da. Sen hastaydın ben sustum, dua ettim, sabrettim. Bunca ettiğine karşın ne ettiysem kendime ettim. Göğe açılan ellerime sonbahar yaprakları düştü sen yoksun şimdi sonbahar kışa gitti. Mevsimler bizden bağımsız hareket etti, altı küsür milyarlık dünya bir canıma dar geldi. Canımdan bir can gitti. Dünya safi gel-gitti.

Eş oldun sen, benim için dünyalara eş ve tanımadığım bir kadın için kendine. Sevgi sözcükleri söyledin ve sardın sevişmelerden sonra, buradayım dedin. Burada değil miydin oysa, belki orada da değildin ama ben gibi orada sandı o da.

Baba oldun sen, bir kız çocuğunu aşkınla doğurdun ve bir aşkı yalanla yoğurdun. Başka bir hayatta benimle olman gereken bir hayata durdun. Masadaki bir dilim peynire durdun, rakıya, bibere, tuza, ve her ne varsa sevdiğimiz hemen hemen hepsine.

Biliyorum ki bende değilsin ve diliyorum ki gittiğine değsin. Değsin durulunca vicdanın, ansızın söndüğüne... İyi olmandan başka yok dileğim. Ve aynı şehirde, aynı ışıklar altındayken aramıza yeniden giren ışık yıllarına kızgın değilim.

Hayır! Kızgınım aslında…

Şimdi buradasın, her şeyin başladığı gibi bittiği yerde. Umudun bir görünüp bir yittiği yerde...

Sana dair bir planım yok, sana dair sitemim yok ama içimde kanaması durmayan bir yara var artık. Kabuk bağlar mı bilmem…zor…. Ve kabuğuyla oyalanan soğuk ellerim var…..Kim ısıtacak ki kabanıyla beni?

Sevgilim, öyle çok öyle çok... özlerim seni!

Kendime Mahkeme

Pişmanlıklarım,
geçmekte güçlük çektiğim bir karşı kıyı şimdi.

Pişmanlıklarım, geçmekte güçlük çektiğim bir karşı kıyı şimdi. Belki de cesaret bulamadığım. Durduğum yerden bakıyorum, sular akıyor, seller oluyor, taşkınlar veriyor su, ben duruyorum. Geçip tutsam elinden, kaldırsam yerinden diyorum ama yok, yapamıyorum. Belki de niyetsizliğimden. İnsanoğlu biraz böyle değil mi zaten sızlanır, sızlanır ve sonra bu sızlanmaya herkesten çok alışır. Alışıyorum.

Klişe sözler vardır orada burada paylaşılan, "Sen kendine değer vermezsen kimse sana değer vermez." derler. Çiçekli bir çerçevenin içinde sempatik hale getirilse de can yakar içindeki gerçekler. Sen kendine değer vermezsen, sana değer vermezler. Sen kendin için hayal etmezsen kimse hayal etmez senin için. Seni senin yarın kadar bile düşünemezler. Ve bu dünyada yapılan hiçbir fedakarlık adresine tam anlamıyla teslim edilmez. Alacağını alır herkes ve vermeye gelince hiç de "en yakın" değiller.

Hayatımdan vazgeçtim onun için. Sevdiklerimden, sevmediklerimden, alışkanlıklarımdan ve dahi hayallerimden. Dostlarımı ayıkladım, arkadaşlarımı ayırdım kendimden. Hayallerime gem vurdum ve kıpırdamadım bir yere, olduğum yerden. Adım atmadım kendim için hiç. Kendim için giyinmedim, kendim için gezmedim, kendim için pişirmedim bile. İyi etmedim. Koca bir halttı yediğim.

Sürdürdüğüm eylemlerin yanlışlarını sayıyorum size ben. Çünkü vazgeçmedim bunlardan, hiçbir yanlışımı atmadım üstümden, hiçbir pişmanlığımı bırakmadım geride. Biriktirdikçe biriktiriyor ve taşıyamaz oldukça karşı kıyıya atıyorum şimdi. İstenmeyen artıkları gibi bir fabrikanın. İçtiğim suda dahi dönüp geliyor bana geri. Zararını yaşamaya devam ediyorum. Ne zamana kadar, bilmiyorum. Zarar bana yararı unutturana kadar belki....

İnsan sevince karşılık beklemiyor. Hesapsızca ve içinden taşa taşa yapıyor ne yapacaksa. Büyük yanlış... İnsan karşılık beklemeli tüm yaptıklarına. Çünkü hayat uzun, bugünle ve dünle bitmiyor. Yarın, kendinizden verdikleriniz için, boşuna verdikleriniz için size hesap soruyor. Yarın, size 'Sen beni neden unuttun'? diyor! Hepimiz düşündüğümüzden çok borçluyuz yarına.

Dün yanımdaydı diye minnet duyduklarımız, bugün yanımızda diye şanslı hissettiklerimiz, yarın için boş sözler veriyor bize. Yarını hiçbirimiz bilmiyoruz. Sizi bırakıyorum bir kenara, ben kendime kızıyorum. Biliyorum ki yarın yanımda olacağından emin olabildiğim yalnızca ben varım, başkası değil. Biliyorum ki yarın, başkasının inşa ettiği bir benle anlaşamam, yarı yolda kalırım. İnsanın kendi kendini yarı yolda bırakması ne kadar fena...

Sizi yarı yolda bırakan, terk edip giden tüm sevdiklerinize kızdınız biliyorum. Bir tarafınız kırgın kaldı daima. Sahte sahte selamlaştınız belki görünce ama onu bile çok gördünüz içinizden. Peki ya kendiniz? İnsan kendini yarı yolda bırakan kendine nasıl bakar aynalarda?

Kendimi terk ettiğim, bir başkasına gittiğim, dilediği gibi olayım derken yittiğim için pişmanım. Bir parçam karşı kıyıda kaldığı için ve her gün yeni bir parçamı daha attığım için karşı kıyıya. Mahcubum, önce suya sonra suyla kanıma karışan parçalarıma. Artırdığım ve attığım pişmanlıklarıma.

Birini sevdim, onun için vazgeçtim kendimden. Her gün yavaş yavaş ya da belki de hızlıca. İşimi gücümü, düşümü aklımı, canımı ruhumu değiştirdim, yeniden inşa ettim benden beklendiği gibi. Değmedi. Bir karşılık bulmadı birinde. Oysa bilmiyor sebebim oldu o "biri". Pişmanlığıma ve "biri"ne yazdım bu satırları. Ama en çok da kendimi terk eden kendime. Dilerim ben beni affederim günün birinde.

Erkek İşi

Sevseydim aldığı nefesten kıskanırdım biliyorum, bakkalın çırağından falan değil.

Mutsuz bir evlilik, pek çok hastalıktan daha zor geliyor bana. Ölsen ölemiyorsun, kurtulsan kurtulamıyorsun. İçine doğduğun hayat, ne olacağına, ne yaşayacağına karar veriyor. Senin adına başkaları karar veriyor en önemli adımlarına. Kadınların sürekli naralar attığına bakmayın, ben sessiz sedasız mahvoluyorum ama bu benim mahvımdan bir zerre dahi eksiltmiyor, hem de asla. Erkek olmak mutsuz evlilikleri mutlu kılmıyor, çekilen cefa aynı.

Ailemin onayladığı biriyle evlendirildim yirmi ikimde. Asker ocağından baba ocağına dönüşüm bir bayram, bir şölendi benim için. Ama bir daha bayram görmedim. İlk bayramımda elimde kınalı bir koç, müstakbel karımın kapısının önündeydim. Karım da çekmiştir çok ama ben şimdi kendi derdimi anlatmak isterim. Ben o koçla, kendimi kurban ettim.

Askere gitmeden önce sevdiğim bir kız vardı.

Cep telefonu falan yok o zamanlar, onunla konuşmak için elimde jeton saatlerce sıra beklerdim, sonrası mutluluktan ayaklarımı yerden kesen birkaç dakika. Benden sonra evlendi, benden daha yürekliydi önce direndi. Bahsi geçmez ama aklımdan geçince bile içimde bir tel titrer hala. Benden daha mutlu oldu gerçi, düzgün bir adamla varlıklı bir hayat sürdü. Ama zaten benden daha iyi bir hayatı hak etti. Umarım beni affetmiştir zayıflığım için, umarım hiç aramaz benle geçen günlerini...

İyi bir insanla evlendim. Ailemin tüm arayışı iyi bir aile kızı, iyi bir insan ve işleyen yumurtalıklardı. Bana anlayış, ilgi ve iki de çocuk verdi karım. Kaderime kahrettirecek kadar kötü olmadı hiç. Büyük kavgalarım olmadı onunla. Ama düşünüyorum da bir insanla hiçbir şey uğruna kavga edememek bile çok fena...Onunla paylaşamadığım hiçbir şey olmadı, paylaşmak istediğim bir şey de olmadı ama. Durağan yaşantımız, başka evlerde başka bir intiba yaratıyordur belki. Ne kadar huzurlu olduğumuz ve sesimizin çıkmadığı konuşuluyordur. Ama bu aslında tutku eksikliği. Eksiklik demek çok iyimser, adeta yokluk bizimki. Ona bir kere bile sevdiğimi söylemedim. Ondan duydum ama. Kadınlar böyle şeyleri daha kolay hisseder ve söylerler galiba. Çocuklarının babasını sevmek, onda bir mecburiyet halini dahi almış olabilir. Ama bende böyle bir yeri yok o sözlerin. Ben söylemedim.

Asla nefret etmedim, sevdim, bütün iyi insanlar gibi, dostlarım ailem gibi ama o anlamda sevmedim ve yalan da söylemedim. Aramızda imzalanmamış bir sözleşme geçerliydi. Yalansız ama gerçeksiz olacaktı her şey, öyle de oldu benim açımdan. Gerçeği de söylemedim hiç. Çocuklarımı çok sevdim ama. Taştan olsalardı, bir cüceden, dünyanın en çirkininden ya da kötüsünden olsalardı da severdim onları. Ama keşke sevdiğim birinden olsaydılar ve yanlarında "seni seviyorum" deseydim annelerine her gün. İnsan, fark ettiği bir yokluğu herkes fark ediyor zannediyor, belki de umurlarında da değil, görüş alanlarında da, kim bilir?

İçimde kaynağı belirsiz bir huzursuzlukla girdim evime hep. Bir görev gibi seviştim, hormonlarımın gerektirdiği kadar ve sonrasında kendini kötü hissetmesin diye sarılarak karıma. Onu sevmediğimi sevişmelerimiz bitince anladım en çok. Bitince bittiği için. Kıskanmadım onu. Öğrenilmiş kıskançlıkları, içi boş namus kavramını saymazsak tabi. Müdahale etmek ve kısıtlamak, kıskanmakla aynı şey değil asla. Sevseydim aldığı nefesten kıskanırdım biliyorum, bakkalın çırağından falan değil. Tatil kavgası etmedim, yemek kavgası etmedim, saçma bir kavga da etmedim. Rıza dolu, anlayış dolu, kafa sallama ve olduğu gibi kabul etme dolu bir evlilik sürdüm şimdiye dek, bundan sonra da öyle olacak zannımca. İtiraz etmedi, tartışmadı, aşağılamadı, sitem etmedi. Anladım ki onun da farklı değildi hisleri. O da benim gibi çocuklarını çok sevdi. Belki de birbirimizi en çok bunun için sevdik insanca.

Bizde boşanmak yoktur, benden önce o zavallı kadına yazık olur, hiç yeltenmedim. Ailemin namusu sayılır artık ve ben gitsem bile dönemez babasının evine. Geniş aile dedikleri içi boş şeyin orta yerinde muhafaza altında bir servet gibi durur ölene dek. İyi bakarlar, bir dediğini iki etmezler ve mahcup hissederler hayırsız oğulları için ama izin vermezler gitmesine, giderek daha da nüfuz ederler hayatına. Boşanmaya hiç yeltenmedim. Çünkü seçmediği hayatı yaşayan yalnızca ben değildim ve bedelini ödetemezdim ona.

Kiminle konuşsam aynı şeyi söylüyor, kadınlar aynı değilmiş bizimle. Onu sevmediğimi hissedermiş ve beni sevmese de üzülürmüş buna. İçlenirmiş, kırılırmış, gizli gizli ağlarmış... Belki de... Hiç rastlamadım ama belki de dedikleri gibidir. O da bir ur büyütüyordur içinde. Yanlış yolda mıyım sizce?

Mutsuzum. Mutluluğun ne olduğunu bilmediğim için eminim mutsuzluğumdan. Mutlu olsaydım ne olduğunu bilirdim. Bana dayatılan hayatı yaşıyorken nasıl mutlu olayım, hayatımı seçebilseydim mutlu da olabilirdim. Mutsuz mu olurdum, tamam ona da razıyım ama en azından mutsuzluğumu kendim seçmiş olurdum. Sitem etmezdim kimseye. İçimde kimseyi öldürmezdim.

Bir mezarda yaşıyor gibi hissediyorum bazen. Tutkuyla sevişmek istiyorum, bağıra çağıra kavga etmek, küs kalınca acı çekmek istiyorum. Hayatın tenime değmeden, adeta teğet geçerek gitmesini kaldıramıyorum.

Erkek işi değilmiş bu duygusal tırıvırılar. Kime anlatsam öyle diyor. Kadın işi miymiş mutsuzluk! Buradan bakınca erkek işi gibi duruyor, benim işim gibi duruyor oysa.

Güzellik Dediğin

Niyetlerin arsız,
insanların hadsiz olduğu bu yerde
güzel olmak başıma beladır

Güzel olmak başıma bela. Mutluyum sanıyorlar kaşım gözüm için, yuvarlak kalçalarım ve uzun bacaklarım için şükrediyorum zannediyorlar. Oysa tam sevecekken kendimi, bir kirli niyet giriyor araya ve ayırıyor kendimden kendimi. Beni sevmeme izin vermiyorlar, küstürüyorlar insana kendini.

On birimde çıktı memelerim. Bir yaz zamanıydı, koşamaz oldum yakar top oynarken, zıpladıkça memelerim, utanç bastı yüzümü. O yaz, terleme pahasına kalın kalın giyindim. Kollarımın altında beliren tüyleri sevmedim ve kollarımı hırkalarla örttüm istemeden. En sıcak yazımdı ve en çok soğuduğum kendimden.

Tuvalete her gidişim ve her banyo yapışım yeni bir şaşkınlıktı artık. Bir şeftali gibi tüy bastı kadınlık organımı. Bacaklarımın rengi değişti ve cılız tüylerle hafif hafif karardı. Kamburlaştım memelerimi gizlemek isterken, şortlarım rafa kalktı traş edilmemiş bacaklarımın verdiği üzüntüden ve en zor yazım güze döndü sonunda. Yapraklarımı döker gibi döktüm fazlalıklarımı, bala benzeyen ama can acıtan bir karışımla.

Sütyen takmaya başlamıştım ama bu defa da lastiği başa bela, çekip çekip hızlıca bırakıyordu oğlanlar. Canımı yakıyor ve haz alıyorlardı bundan. Eteğimi açmalarından kurtulamadım, her abanışta memelerimi ellemelerinden ve sıkıştırıp kalçamı ellemelerinden kurtulamadım. Bana göstermek istedikleri organlarını ne de kolay konuşuyorlardı, oysa ben bilmiyordum bile benim organımın ne istediğini. Bazen sıcak basıyordu ve oğlanların o çok güvendikleri organlarını merak ediyordum içten içten, ama hiç dolamadım dilime ya da oralarına koymadım sinirlenince. Ellemedim, sıkmadım, sıkıştırmadım, sormadım detaylarını, kıllandı mı demedim mesela. Oysa onlarınki de kıllanıyormuş, sonraları öğrendim. Utanmadıkları rüyaları, bana müstehcen geliyordu ama öyle rahatlardı ki kendimi geri kalmış buluyordum.

Başka bir şehirde okudum üniversiteyi. "Kızlar okumalı, ekmek tutmalı elleri mutlaka" diyordu babam ama okuduğum yerde pek katılmıyorlardı ona. Elektrikçisinden bakkalına herkes bir isteğim olursa koşup geleceğini söylüyordu ama sezdiğim kötü niyet bir tek beni utandırıyordu. Maşallahı dilinden düşürmeyen yaşlı erkek komşularla en ufak bir yakınlığım olmadı ama sağ olsunlar hep takdir ettiler beni apartman boşluğunda. Ve genç kadınlar, sevmediler beni, kocalarını ellerinden alıp altlarına yatmayı kolluyormuşum gibi. Nasihatleri nasıl da samimiyetsiz, nasıl da hadsizdi önemli bir kısmı beni güzel buldu ama belli ki aptal sandı.

Akşamları küçük şehirlerde ıssız olurdu sokaklar, karanlık basınca nasıl vardığımı bilemezdim evime. Elektrik kesilse içimde de teller kopardı. Bazen öyle ağır gelirdi ki yediğimi bildiğim yaftalar isyan edip herkesin altına yatsam derdim belki o zaman rahatlarlardı. "Yaz okuluna gelmek istemiyorsan asistanım ol." demişti babam yaşındaki hocam ve birlikte çalışırken dudaklarımdan, memelerimden ayrılmamıştı gözü. Defalarca evine davet etmiş ve reddedince bana medeniyetin o kalan dişlerinden bahsetmişti. Beni dişlemek istediğini fark etmiştim ama söyleyememiştim işte. İtiraz etsem kötü niyetli bulurlardı beni, kanıtım olsaydı bile yalancı çıkardım güzel ve bekar bir kız olarak. Azgın ve yaşlı erkekler dururken kimse bana paye vermezdi.

İşe girdiğim ilk yıl, müdürüm bana erken boşalma sorunu yaşayan erkek çalışma arkadaşlarımdan söz etmişti acıyarak. Sanırım puanlarını düşürmek istemişti gözümde en iyi ihtimalle. Bu bir sağlık problemiydi ve deneyimleri sayesinde onlara severek yardım ettiğini söylemişti normalleştirerek. İnsanların bunları konuşamayacak kadar köylü olması nedeniyle gerisindeydik Avrupa'nın, öyle demişti. Ve bekâret kadar anlamsız bir şeye takılmayan kadınlara ihtiyacımız olduğunu. Bunları anlatırken pantolonu gerilmişti. Çok mesaiye bırakıldım ve çokça müstehcen hikâye dinledim istemeden. İş gezilerine kayıtsız şartsız yazdırıldı adım ve otellerin havuzlarında dinlenmem istendi çalışmamdan çok. Odamdan umudunu kesenlerinse arsız hayal güçlerine ve sohbetlerine konu oldum.

Ben utandım onların yerine ve güzelliğimin tadını çıkaramadım dilediğimce. Yazgımdan emin olamadım asla ya da tercihlerimin doğruluğundan. Temkinden içim şişti ve ağlamaktan gözlerim. Değersiz hissettim kendimi, bedenim olmadan değersizmişim gibi.

Hiç gurur duymadım aynada gördüğümle ve hep kızdım ona zorda koyduğu için beni. Aklımı, fikrimi geriye attığı ve beni dünyaya mal gibi sattığı için.

Niyetlerin arsız, insanların hadsiz olduğu bu yerde güzel olmak başıma bela. Yorgunum.

Güzel Annem

Morluklarımı gizlemek için giydiğim giysiler,
renkli birer kefen gibiydi
ama öldüm diyemezdim

Güzel annem, tahtımı yapabileceğini ama bahtımı yapamamaktan korktuğunu söylemiştin. Bütün anneler kadar haklıydın endişelerinde. Eğer insanlar bu denli acımasız olmasalardı, bahtımı da yapabilirdin belki ama mümkün olmadı. Kendi bahtını karartmak pahasına kurtarmak istediğin bahtım, yine de kurtulmadı. Değmezdi annem, senin hayatının bir gününe bile kıyamazdım sorsaydın ama sormadın. Sen orada ben burada yalnız kaldım. Çaresiz ellerinden öpmek için geç kalmadım umarım...

Daha önce hiç cezaevi görmemiştim, mektup bile yazmamıştım daha önce. Sevmedim de annem, öğrenmeseydik keşke. Sen ki kapının önünden suyun eksik olmaz ve bir karton kutun, sığınırsa diye Allah'ın yarattığı bir hayvan, başka bir hayvan olan insana nispeten defalarca insan.

Yanlışlıkla sevdiğim birinin eziyetine bilinçlice

katlandım yıllar yılı, ses etmedim. Babam dönmesin diye mezarında huzursuzca ve senin için kanamasın diye daha fazla. Acın tazeydi, bir de beni kaldıramazdın. Gizledim anne, yaralarımı, berelerimi ve incinen onurumu sakladım. Bir köpek gibi zincirlendiğimi söyleyemezdim ve kafamın defalarca ezildiğini. Çocuklarımı bırakıp gidemezdim annem, gücüne meydan okuyamazdım o adamın. Sana sığınıp evini başına yıkamazdım. Morluklarımı gizlemek için giydiğim giysiler, renkli birer kefen gibiydi ama öldüm diyemezdim. Sen atları çok seven ama silahlara daima söven aykırı Çerkez Kızı, sana içimi gösteremezdim. Yakamazdım içini, acıtamazdım göz bebeklerini.

Kızardın, bağırır çağırırdın, beni yanına alırdın ve dünyayı da karşına, emindim tahmin ederdim ama bir başına bir kadındın, sana bir savaş zırhı taşıtamazdım. Savaşamazdın annem, düşer kalırdın. Kıyamadım. Çocuğum için dayandım, senin için dayandım, babam için dayandım, utancımdan dayandım.... Dayandım da dayandım. Ya sen annem, sen benim ayak uçlarında cenneti gördüğüm kadın, sen nasıl dayanırsın?

Taş duvarlar arasında, güneşe hasret, damgası katil, kalbi yorgun kalbi sakil, sen nasıl dayanırsın? Bir daha nasıl düze çıkar bahtın...

Kalan yılların parmaklarımdan bile az, babamın mezarından nasıl uzak kalırsın? Nasıl dua edersin altına girmek için her cuma sabahı öptüğün taşın? Annem, gidince babama bunları nasıl anlatırsın? Ben babamdan utanırım.

Elinde silahı ilk kez gördüğüm, yüzünde nefreti ve savaşların kül rengini gözlerinde, sen annem hayatını, hayatım için nasıl karartırsın? "Babasının gül tanesine zulmedecek adam mısın?" diye haykırdın ona, hatırlıyorum bir anlığına bile soğudu içim. Bir dönüm noktasıydı hayatımızda ve her şey değişiyordu farkındaydım ama elde değil yine de bir an mutlulukla kasıldım. Babamın gül tanesi olduğumu anımsadım. Dünyalar güzeli, pamuk kalpli Çerkez Kızı'nın eşsiz kızı olduğumu anımsadım. Keşke olmasaydım dedim anne, keşke sizin kızınız olmasaydım! Benden daha cesurunu hak ediyordunuz belki de...

Onu öldürdün hiç düşünmeden ve yaralarımdan öptün beni "iyileş" dedin "iyileş, sen bizim kızımızsın!" Dimdiktin, belli etmedin ama bilirim üzüldün. İncitemezdin hiçbir canlıyı, hâlâ aklımda balığın öldüğündeki hüzün. Kâbe'ye yüzünü sürmek isterdin ve şimdi demir parmaklıklar ardında yüzün. "Pişman değilim, utanmıyorum" dedin mahkemede, "Siz utanın, canı tarif edilemeyecek kadar yanan benim kızım!" dedin. Kimse utanmadı anne.

Sen orada kaldın, ben burada kaldım. Bahtlarımız değişti. Kimse utanmadı ama ben sizin kızınız kaldım... Benim yerimde olacak kadınlar da çok annem, senin yanına gelecek kadınlar da... Bir güzel filiz gibi baş verecek adamlar da çok annem, zalimliği iş edinmiş adamlar da... Dünya aynı olacak annem, aynı kalacak hep. Yine bize oldu olacak olan da...

Üzgünüm saydığın tüm günler için... Bahtının ellerinden öpüyorum canım annem.

Babalık Sanatı

Dünya dediğin fani,
ölüm dediğin ani,
hayatı sevsinler istedim

Hayatımda kimseye bir satır karalamadım. Ama içimde destanlar yazdım bütün çocuklarım için. Kızım doğdu ilk, dünyayı kızım sandım. Oğlum doğdu sonra dünyayı iki yarımdan bir tam saydım. Bir telaş aldı aklımı, ne yapacaktım? Ne edecektim? Doyurmak kolay ne öğretecektim? Onlar için yaşamaya başladım.

Önce dedim insan sevgisi. Onları sevdim, başkalarını sevsinler diye. Onları dinledim, başkalarını dinlesinler diye. Onları anladım, başkalarını anlasınlar diye. Acımadım hiç kimseye acımasınlar diye. Acımayı kibirden saydım ben, dinim öyle öğretir. Ben onlara insanı insan saymayı anlattım. Eşit hakları olduğunu dünyada ve hiçbir kulun üstün olmadığını bir başka kula.

Kızıma altın bilezik istedim en çok, koca eline bakmasın, kimseye muhtaç olmasın diye. Oğluma zerafet istedim en çok, bir babanın kızını o baba kadar incelikle sevsin diye. Kızıma anlayış istedim sonra sevdiğini her haliyle sevsin diye paylaşsın diye hayatı varlıkta ve yoklukta aynı sabır ve istekle. Oğluma azim istedim, taşı sıksın suyu çıkarsın, ailesine bir güle bakar gibi baksın diye. İnsan olsunlar istedim. İnsanda bütün güzellikler vardır kirletmedikçe.

Dünya dediğin fani, ölüm dediğin ani, hayatı sevsinler istedim ve yaşasınlar dolu dolu her an ölecek gibi. Ama hesapsız değil, kitapsız asla değil. Hele sevapsız hiç değil! Tartsınlar istedim kendilerini, özrün büyüklüğüne sığınsın, telafiden güç alsınlar istedim. Güvensinler bana ölene dek ama kendilerinden çok güvenmesinler kimseye.

İyiliğin açacağı kapılardan haberdar olsunlar istedim, annelerinin ak sütü gibi helal olsunlar istedim dünyaya. Birini diğerinden ayırmadım ama kızımı öncelikle emanet ettim Yaradan'ıma. Peygamberimin emanetiydi kadınım, kızım da emanetti annesi kadar, inandım. Merhamet kattım hamurlarına. İnsanı, hayvanı ve bitkiyi aynı anda sevsinler istedim ve anlasınlar onların birliğinden doğan ışıltıyı. Sadelikle yaşasınlar ve ışıltıyla inanıp sevsinler istedim!

İstedim...İstedim...İstedim...

Damarları delik deşik kızımın ve oğlum aranıyor polis bülteniyle. Onları atmadım. Vazgeçmedim babaları olmaktan. Ama büktüm boynumu, eksiklerimden utandım. Babalık sanattı ve ben adımı altın harflerle yazdıramadım. Olmadı çok istedim ama yapamadım. Çok şey istedim, çok şey olmadı ama babalığı bir deri gibi atmadım.

Ben hâlâ babalarıyım. Daha yeni başladım.

Kavga

Hiçbiriniz gibi olmak zorunda değilim,
sizi iyisi mi defalarca benzeyin kendinize.
Selametle.

Hepimiz yetenekli olmak zorunda mıyız? Akıllı, düşünceli, mükemmel olmak zorunda mıyız? Duygusal olmak zorunda mıyız mesela? Ağaçları sevmek gibi bir mecburiyetimiz mi var? Ben insanları sevmem gerektiğini bile düşünmüyorken üstelik! Sizi bilmem ama ben hiçbir şeye mecbur değilim ve asla da olmayacağım, belirtmek isterim.

Beklentilerinizi düşürün diye söylüyorum size bunları, borçlu hissettiğimden falan değil. Gereksiz hümanist söylemlerinizden gına geldi. Sevmemi salık verdiklerinizin bana neler ettiğini biliyor musunuz siz? Anlatmadım çünkü ben kendimi acındırmayı sevmem sizler gibi.

Bin bir söz vererek hayatıma yapışan kadınlar, yıllarımı alıp gitti. Belli ki onlara nasihatler vermemişsiniz, atlamışsınız bu ulvi görevinizi. Yerlere göklere sığdıramadığınız öğretmenler, saç traşı kısa olan erkekleri ve daha iyi giyinen kızları daima daha çok sevdi. Onları da uyarmış mıydınız bu insan eşitliği zırvalarınızla? Bayıldığınız işçi sınıfı hemen her fırsatta sömürdü beni, az iş çok para dediler ve utanmadan dilendiler çalışma kisvesi altında. Onlara da anlattınız mı alın terinin eşsizliğini ve ışıldayan demirleri? Ana gibi yar olmazmış ama annem de yardan beter, beni bir gün bile birileriyle kıyaslamadan olduğum gibi sevmedi. Anneme öğütler saçsaydınız da görseydiniz günüzü, çok isterdim doğrusu. Babamın alkol masalarında yediği parayı kazanmak için kıçımdan ter aktı ama size kalsa baba, evin direğiydi. Şaşırdınız mı, ne oldu?

Düşünceli, akıllı, yardımsever, ince ruhlu, nazik... Aman ne önemli şeyler! Kaybetmenin altın yolları gibi. Rahat bırakın kimseden bir şey istemeyen ve benden istenmesine tahammül edemeyen beni!

Madem bu kadar iyisiniz, madem böyle insancılsınız dünya niye böyle rezil, hiç düşündünüz mü? Kime sorsan mükemmel, kime sorsan en iyisi! Peki nerede bu dünyayı mahveden gaddarlar?

Herkes sitemden dağlar taşıyor omzunda; dost kazığı yiyenler, herkesi kendisi gibi bilenler, incitmeden incinenler, hepiniz böyleyseniz kim bu caniler?

Kapı kollarına asılan ucuzluk broşürlerini görüyorum size bakınca. Her koldan dağıtıyorsunuz kendinizi. Beğenilmek ve tercih edilmek için attığınız taklalar, merhamet numaraları çektiğiniz hayvanlarda bile yok. Sanmayın ki kavga ediyorum sizinle, kavgama değmezsiniz.

Sizin gibi değilim eğer siz böyle mükemmelseniz, sizin gibi kusursuz, sizin gibi eşsiz, sizin gibi aman aman değilim. Şöyle böyleyim, eh işteyim kendimce. İnsan olmak dediğiniz bir uçan balon, uçar uçar iner yere. Benim kavgam kendimle. Muhatabım değilsiniz. Benim ayaklarım değiyor yere.

Hiçbiriniz gibi olmak zorunda değilim, sizi iyisi mi defalarca benzeyin kendinize. Selametle.

Hoşça Kal

Çocuklarım var ve onlar var oldukça hiçbir veda son değil.

En çok ne zaman yoruldum ve ilk ne zaman pes eder gibi oldum hatırlamıyorum. 8 yaşındaki oğluma annesinin bizi terk ettiğini anlatmaya çalıştığım zaman mı, 4 yaşındaki kızımın annesinin göğsündeki kokuyu ararken hayatımızdan gelip geçen tüm kadınları kokladığını fark ettiğim zaman mı? Bakkal, komşu, hala, hiç ayırt etmeksizin ve vazgeçmeksizin aradığı hâl de. O kokuyu bir daha duyup duyamayacağını bilmediğimi söyleyemezdim ve vazgeçmesini de isteyemezdim üstelik. Yalnızca 9 yaşında olan bir çocuğu, feleğin çemberinden geçmişlerle aynı olgunluğa itmek ister miydim peki? İstemezdim elbette. Çok yoruldum ve pes eder gibi oldum. Alıp başımı gitmek, kendimi çocuklarımla birlikte yok etmek ve durmaksızın ah etmek istedim. Ama sabahı bekledim sonra her gecenin sabahını, aydınlıkla geleceğini düşünerek bekledim.

Başka bir adama aşık olmuş. Öyle yazıyordu mektubunda. Durdum ve saydım, ben kan bağım olmayan 14 kadın tanıyordum toplamda, Allah'ın selamından fazla kelam ettiğim. İş arkadaşlarım, çocuklarımın arkadaşlarının anneleri ve bir de karımın en yakın iki arkadaşı. Ha bir de terzisi var, etti 15. Ben yalnızca 15 kadın tanırken, o benden başka birine aşık olmuştu. Benim birine aşık olmamın 1/15 ihtimal dahilinde olduğunu düşünün yani, benden başka birine aşık olmak için yaratılmış gibi geldi böyle düşününce. Neyse... İstediği hayatı ve aşkı yaşamasaymış çok kızarmış kendine ve anlamış ki insanın kendinden başka dostu yokmuş. İnsan ancak kendisini mutlu ederse tutunabilirmiş yaşama sanırım bunca zaman bizimle mutlu olduğunu sanmam büyük hataymış. Ve onu anlayacağımı bildiğini, buna inanmak istediğini, genç yaşta aldığı evlilik ve çocuk sorumluluğundan bunaldığını, artık kendisi için yaşayacağını ve çocuklara ondan çok daha iyi bakacağımdan emin olduğunu yazmış. Ne büyük şans! İnsanın çocuklarına bakmaktan ve onları sevgiyle büyütmekten başka ne gibi bir seçeneği olabilir ki bende olmasın! Elbette bakarım ve elbette yıldızlara sararak büyütürüm onları. Işıklarıyla kamaşırım. Karanlıkta kalsın o!

Severek evlendiğim ve dahası 28'inde evlendiğim kadın, genç yaşında evlilik ve çocuk sorumluluğu almaktan bahsediyor. Ve çocuklarımız birer kaza değilken üstelik. Hiçbir çocuğun kaza olmadığına inanan ben, yazgımız konusunda onu ikna etmeye uğraşacak değilim. Onu bilmem ama ben, hayatımı, sevgimi çoğaltarak sürdürmek ve sevdiğim kadınla en büyük ortak noktamı inşa etmek istediğim için sahip oldum çocuklarıma. Bana sahip olsunlar istediğim için. Daha annelerinin karnında yer edinmeden hayallerim vardı onlar için. Mesleklerine, hobilerine, kaşlarına, gözlerine dair. Üstelik hayallerimin ne kadarının gerçeğe dönüşeceğiyle hiç ilgilenmedim. Ne olmak istiyorlarsa olurlar ve Allah nasıl istiyorlarsa öyle görünürler dedim, evlat değil mi akılsızca severim onları, delirir gibi. Onaylayan başı, omzumdan sonsuza dek eksildi şimdi. Bizi terk etti.

Kimi sevmiş acaba, nasıl birini? Çocuklarından daha önemli biri olduğuna göre bir yerlerin Tanrısı olmalı! Gözü kararıp suç işleyenlerin pişmanlıkları sahici gelir bana, birini öldürenlerin mesela. Ama gözü dönüp terk edenlerinki öyle değil asla. Çünkü terk etmek her şeyden önce, bunu daha önce defalarca düşünmüş olmayı gerektirir. Çünkü sevdiğin birinden ayrı kalmak, düşünülmeden karar verilecek şey değil. Ve zannım o ki; benim ne zaman düşünürsem düşüneyim vazgeçeceğim bir şey, hiçbir zaman düşünmedim ama öyle olurdu eminim. Bizi terk etmeyi düşünmüştü, planlamıştı, bizi aldatmıştı. Bununla yaşamayı başaran biri her şeyle yaşamayı başarır şimdi. Özlemek ona kar yanığı gibi gelir eminim. Zamansız ve gereksiz... Kendimi, onu ve çocuklarımı terk etmeye hazırlanırken düşünemiyorum ben mesela. Tek bir çorabını bile atlamadan, yazlık ve kışlıklarının tek bir parçasını bile ardında bırakmadan ama çocuklarına anı olsun diye küpelerini ve gelin tacını bırakan bir kadınla geçirdiğim hayata inanamıyorum.

Rica etmiş, çocuklarının onu kötü anımsamasına izin vermememi. Annenizin gitmesi gerekiyordu dersin demiş, olmaz mı? Olur tabi, olmaz mı? Kim anlamaz ki iki küçük çocuğunu ardında bırakarak başka bir adamla giden kadını? Olur tabi, gitmesi gerekiyordu çünkü başka bir adamı hepimizden fazla sevmiş, olamaz mı? Yazık ki kıyamıyorum onlara, yazık ki nasıl biri olduğundan söz edemiyorum! Yazık ki onlara yetememekten korktuğum için gizlice ağlıyorum yatağımda, bir kendi yerime bir de senin.

Bırakmayacağım onları. Bir gün bile, eskisinden daha az sevmeyeceğim. Bir gün bile anneleri gittiği için dünyalarının eksik kaldığını hissettirmeyeceğim, mümkün değil evet ama en aza indirgeyeceğim kırılgan kanatlarının sancısını. Ondan söz etmeyeceğim iyi ve kötü, annenizin gitmesi gerekiyormuş diyeceğim. Çok mühim işleri varmış, yaşı 38, ruhu pismiş! Demeyeceğim sonuncusunu. O kötü diye kötülük etmeyeceğim ben. Annelikten istifa edip daha iyi bir iş bulmasına sevindim, dilerim kazancı bol olsun!

Bizi terk etti. Nasıl bakacağımı bilmediğim ama zamanla öğrendiğim iki çocuğumuzu ve beni hayallerinin dışına itti. Başka bir hayatı seçti, bizim nerede ve nasıl kurulduğunu bilmediğimiz bir hayatı. Bizden ilelebet eksildi. Olsun, tamamlarız biz birbirimizi. Yaralarımızı sararız itinayla, temaslarımızı sahici kılarız daima. Onu unuturuz.

2 yıl önce gitti. Hayat zor ama imkansız değil. Çocuklarım var ve onlar var oldukça hiçbir veda son değil.

Söyleyememiştim; HOŞÇA KAL!

Bir Kayıp Annesiyim

Canımın aynası,
ben senden umudu kesmem.

Bir kayıp annesiyim ben. Çocukları kaybolan tüm anneler gibi sürüyor anneliğim, umudum gibi ölümsüz o da. Ben evladımı 9 ay 6 gün karnımda taşıdım ve sonsuzdur bunun yeryüzündeki hatrı. Evladım kayıp, kalbimin üstünde ayrık otları. Uykularım uzak diyarlarda ve başımda yerleşik bir ağrı.

4 yaşındaydı melek kızım. Kırmızı eteği ve beyaz pabuçları bir bayram sabahının alameti, gözleri mavi uçan balonlar. Büyüdü uzağımda ve oldu 6. Öldü diyenler oldu ve cesedini arayanlar hiç değilse mezarı olsun diye. Ben hep hissettim, kızım umudum kadar canlı. Anneleri avuçlarını koklamadan gitmez melekler ve kızım bir yerlerde özlüyor beni biliyorum, göğüslüyor hayatı. Oyunundan çaldılar onu, çocukluğundan çaldılar onu, bayramlarımdan... Dar ettikleri dünya dönmüyor bana ve anlayamıyorum zamanı.

Uyumak isteyerek uyuduğum bir tek gece kalmadı. Yorgunluktan düşen başım acı rüyalarla diklendi hayata. Kızımı unutmaktan korktuğum oldu, inanılır gibi değil. Çenesindeki benden bende de var, kendimi unutmadıkça unutmam onu. Onu unutmamak için unutmam kendimi, döndüğünde sarmak için kızımı baharımla, kışıma emanet etmem kendimi. En çok baharı yakıştırırım kızıma, bir erik çiçeği gülüşü, bir cennet kapısı duruşu. Ben kızımı unutmam.

Hangi vicdana sığdı onu benden koparmanın ağır tadı? Hangi ellerde kirlendi altın sarısı saçları? Yaktılar mı canını, ağladı mı giderek tizleşen sesiyle, beni andı mı? Kızım 6 yaşında, geliverdi okul çağı. Zalimliği mi öğrenecekti harflerden önce? Ben kızımdan caymam.

Kötüsüne hazırlamam kendimi. Burnuma gelen kokusu Allah'ın aldatıcı tuzağı olamaz, böyle yakamaz canımı! İyisine hazırlıyorum kendimi, olsa olsa iyisi olur benim tek evladımın. Allah beni, onu alacak kadar unutmuş olamaz! Toprağa koyamam, umudumu kesemem, uzaktan veda edemem. Kızım benim sılam, sılamdan uzak ölemem. Ben kızımdan ayrılmam.

Kayıp ruhumun dünyadaki uzak parçası, bedenime dön geri! Dön ve en baştan sev beni... Yaşadıklarını hiç yaşamamış gibi, mememden başlayıp da sev beni...

Canımın aynası, ben senden umudu kesmem.

Acının Daha İyisi

Karın herşeyi öğrenecek önce.
Öyle sessiz telefonlarla falan da değil
dokümanlı, belgeli, ispatlı, tanıklı...

Her şeyin daha iyisini hak ediyormuşsun sen, malum. Aşkın, sevginin, eşin, dostun, evin, arabanın, işin, her şeyin daha iyisini. Peki ya acının daha iyisi neden olmasın?

Kibirden dağların var senin. Aşıp da bana gelemedin. Aşıp da "ben yuvamdaki kadını değil, koynumdaki kadını seviyorum" diyemedin. Daha yoksul, daha eğitimsiz, daha basit ama daha tutkulu bir kadını seviyorum diyemedin. Benimle seviştikten sonra bile "daha iyisi olabilirdi" dediğini hatırlıyorum. Ancak saflık bu ya, kendim için sanmışım, senin için olduğunu bilemedim.

Şimdi zaman değişti, roller değişti. Bir vakit acı içinde kıvrandım ve neredeyse yok oldum, kabulüm. Ama şimdi öyle değilim. Şimdi canını yakmak için kıvranıyorum istekle. Her sabah yatağımdan bu amaçla kalkıyorum. Her sabah dişlerimi fırçalamıyor da sana biliyorum. Isıracağım en yumuşak yerlerinden, canını yakacağım. Hayatını, hayallerini, sahip olduklarını... Hepsini kül etmek istiyorum.

Karın her şeyi öğrenecek önce. Öyle sessiz telefonlarla falan da değil, dokümanlı, belgeli, ispatlı, tanıklı. Yaşadığımız şeyin basit bir macera olmadığını ve hayatı çok uzunca bir süre şehvetle paylaştığımızı zevkle anlatacağım. O sana çocuklar doğurdu, bense kadınlar. İçimde onun gibi onlarca kadın olduğunu bilecek. Midemi kasıp kavuran her şeyi kusacağım.

Geçtiğiniz sene çıktığınız kayak tatilinde nasıl da sıkıldığını, iş toplantılarının neden o kadar uzadığını, hangi otelin spasında benimle ter attığını ve tabi sonra yatağında, bana aldığın ilk pırlantayı, son pırlantayı ve ortadaki tüm pırlantaları, içlerine yazdığın baştan çıkarıcı notları... Eminim senden öyle sözler duymamıştır daha önce, şaşırtacağım onu. Bunca yıl sonra adamakıllı tanısın seni, fena mı?

İkinci çocuğunun doğumuna neden geciktiğini biliyor mu peki? Ya da benimleyken hiç erken gelmediğini? Bir gecede kaç kere istediğini beni ve onu kaç kere istemediğini?

Birlikte yaşamak üzere aldığımız evde bir televizyon koltuğun olduğunu ve en sevdiğin mavi tonundan seçtiğimizi onu. Duvarlardaki fotoğraflarımızı, yatak odamızdaki fantezi kutumuzu? En çok hangi renk iç çamaşırı sevdiğini söyledin mi ona, doğrusunu biliyor mu mesela? Saçlarının rengini "torun torba sahibi bir renk" diye tanımladığını ve benimle kuaförüme kadar gelip orada saatlerce beklediğini biliyor mu aptal kadın dergilerini karıştırıp kahveni içerek? Ona bunları anlattın mı? Atlayacağım bir şey kalmasın istiyorum da.

Asker emeklisi babanın pek karakterli oğlu, baban seninle ne zamana kadar gurur duyacak dersin? İzin almadan sofradan kalkamadığınız için bir süre "kaldırma sorunu" yaşadığını ve şifayı bende bulduğunu anlatalım mı ona? Ya da babanın gölgesinde kalan annene, gelininin de kendisi gibi ezik, hormonsuz ve buna rağmen tatsız bir meyve gibi olduğunu hatırlatalım mı? Var mısın şeffaf olalım mı? Ait olmadığın o hayattan kurtaralım mı seni? Yoksa bundan utanır mısın? Yarattığın dağlara uzak mı bu delikanlı tavır? Yazık, sana acıyorum ama intikamdan vazgeçecek kadar değil.

Senden sonra 6 erkekle birlikte oldum. 6'sını da kısaca özetleyeceğim;

1) Şeyi fazla kalındı ve aşırı talepkardı. Yoruldum emirlerine uymaktan. Tekrarlamadım.

2) Fazla duygusaldı, senin kirli sözcüklerini aradım ve ve sıkıldım o şiirsel sevişmeden.

3) Hatırlamıyorum bile, ne penisini ne yüzünü, sarhoştum. Ben uyandığımda gitmişti çoktan.

4) Zevk için, deneyim olsun diye paralı yaptım. İyi de kazandım. Ama oldu bitti.

5) Silik bir tipti, hayatta ve yatakta. Sıradan ötesi sevişmemizde hep üstteydi ve aile babası gibiydi.

6) Sana benzettim. İçinde gizli bir sapık ve tut-

kulu bir aşık vardı. Sanırım onu yine arayacağım.

Sen deneyebilir misin peki başkalarını? Yerimi doldurmak için karın dışında biriyle olabilir misin? Yatabilirsin belki, ama film izleyebilir misin, puzzle yapabilir misin, açık havada yürüyüş veya ağlayabilir misin birinin yanında daha?

Seni acıtacağım ben. Beni acıttığın yerinden. Beni istemiyorsun demek. Bunca zaman sonra her şeyin daha iyisini hak ettiğini söyleyiverdin yüzüme. Demek kaliteli bir yaşamın ve ailen var. Demek sen bana fazlasın. Daha iyisi ha? Peki ya acının?

İnan her şeyin en iyisini hak ettiğinden daha fazlasını hak ediyorsun iyisini, en iyisini acının. Yaşatacağım.

Bulut Ardı Güneş

'Sana borcumunasıl ödeyeceğimi bilmiyorum' dediğimde, 'vefa borcu, beklenen biçimde davranılarak ödenir' demişti beklediği biçimde davranma irademe selam olsun!!!

Benim beynimi kontrol etme gücüm sizinkinden epey zayıf. Bir at, kafamın içinde itaatsiz bir biçimde, kendi istediği yöne doğru savruluyor ve beni de savuruyor ne zamandır üstünde. 6 yıldır bağımlıyım. Nereden başladım, buraya nasıl geldim, başka bir seçeneğim var mıydı? Çok karışığım, kendimi terk ettim. 7 aydır temizim ve çok iyi biliyorum ki bundan sonra kendime gideceğim. Bakmayın siz bana, eskiye göre çok daha iyiyim. İyiliği öğrendim.

Babam uzun yol şoförüydü. Genelde 4 ay ve bazen daha da uzun sürelerle evden uzak olurdu. Geldiğinde de çoğunlukla uykuda birkaç gün geçirir, bizi biraz öper sever, para bırakır ve yine giderdi. İyi bir adamdı ama. Sesini yükselttiğini bile hatırlamam. Her ay para ve oyuncak yollardı bize. Ama annem her geldiğinde daha soğuktu ona. Çocuk aklım bile bunu fark etmeye yetmişti. Annemi amcamla aynı yatakta gördüğüm gün, evimde geçirdiğim son gündü. Hiç ses etmedim ve terk ettim hayatımı. Yeni bir hayat istedim. İğrenmeyeceğim insanlarla. Saklamak zorunda kalmayacağım sırlarla. Babam buna dayanamazdı. Annemi kötü bilmesindense beni kötü bilmesini mi istedim acaba? Her neyse...

Bir kafede çalışmaya başladım garson olarak. İyi bir adamdı mekânın sahibi, bana yer verdi. Mekânın arkasında yer alan kiler gibi odada yaşamaya başladım. Kapanıştan sonra benimle kalıp ilgilenen, dertleşen ve içen iş arkadaşım en büyük dostum ve sırdaşımdı. Bana karşı dostluktan öte hisler beslediğini söylüyordu Okan, inanıyordum da doğrusu. Ama bugün dönüp kendime baktığımda, kimse sevdiği birine yapmazdı bunu. Beni sevmiyordu aslında. Ağlıyordum ben, kahrediyordum yaşadığım zorluklara. Ve bir gün dandik sigaramın yerine "iyi sigara" uzattı bana. Her şeyi unutmaya yarayacaktı ama kendimi de unutmam iyi olmadı. Esrara para yetiştirmek zordu. Garson maaşımla olacak iş değildi ve hırsızlığa başladım. O da yetmedi sonra. Kendimi sattım. Uzun cümleler kurmak istemiyorum bunun üstüne. Kendimi sattım bu kadar. Kazandığım parayı yeni tanıştığım kokaine yatırdım.

Kokain, eroin, extacy hepsini kullandım. Damarlarım dünyanın en büyük tüneli gibi şimdi. Kanım şansa akıyor ve şansa tutunuyorum hayata. Bu lanete sahip olmak için dedem yaşındaki adamların altına yattım. Bir kadının kocasını ağıma düşürüp kadının boşanmada her şeyi ele geçirmesini sağlamak, bir uyuşturucu şebekesi aracılığıyla özel üniversiteye kaydolup satış yapmak gibi film senaryosu görevlerim oldu. Defalarca yakalandım ve bir keresinde memurla seks yaparak, bir keresinde de maddeyi masum bir oğlanın çantasına atarak yırttım. Vicdan azabım benden uzun yaşayacak gibi.

Okan bir bar tuvaletinde ölü bulunduğunda ben lüks bir otel odasında, üzerimde spermler, ağlıyordum. Rahmet okumak gelmiyordu içimden ama bela da okuyamıyordum. O gitmişti ama ben yaşıyordum. Belki değiştirebilirdim yazgımı, belki de ondan uzun yaşardım.

Barda bir şarkıcıyla tanıştım, gençten, komik, samimi bir oğlan. Kızlar ilgilenince anladım tanınmış biri olduğunu, önümü zor görüyordum ben alkolden. Kaçmadı tabi, o gece yattım onunla. Uyandığımda evinde deli gibi işe yarar bir şey arıyordum, bilinçsiz, hızlı ve çaresiz. İçecek, çekecek, yutacak, vuracak ne bulursam. Bulamadım. Genç bir şarkıcının evinde olmayacaktı da nerde olacaktı bu zıkkım! Çığlıklar içinde talan ettim evi, bulamadım. Ayakta durmuş şaşkın gözlerle bana bakıyordu. Üstüme kapanıp vücudunun ağırlığıyla kontrol altına aldı beni. Ve zorla yatağa götürdü. Yeniden abanacak sandım üstüme ve becerecek beni. Yapmadı. Biraz sakinleştiğimde konuşmaya başladı usul usul. İstersem yardım edecekti bana ama ben bugüne dek amcam da dahil kimseden hayrını gördüğüm bir yardım görmemiştim ki. İnanamazdım. Bütün itirazlarıma rağmen, kendisinin benimle gelemeyeceğini ama kurtulmak istiyorsam ne gerekirse yapacağını söyledi. Düşünmem için bıraktı beni ve güzel bir kahvaltı hazırlamaya gitti.

Kahvaltıda o hayatına yeni bir amaç bulmuş gibiydi bense ilk defa ışık görmüş gibiydim şu canına yandığım hayatta. Tamam dedim, yanımda olursan kurtulmak isterim.

Kimliği açığa çıksın istemem, anısı ve hatrı çok büyük bende, o biliyor bunu. Ama bugün bu satırlardan ona teşekkür etmek istiyorum bütün kalbimle. Yarıladığım bu yolda tam olmaya onun sayesinde inanıyorum. Bir keresinde çok zor bir gecemde "bulutları düşün, nasıl da kapkara çöküyorlar üstümüzde ama biliyorsun aslında, güneş de bulutların ardında, bakmayı bırakma" demişti. Benimle bir daha hiç yatmadı, sürmedi elini sakinleştirmek ve sarılmak dışında. Dostunum, birlikte yol alacağız dedi. Önce inanmadım.

Bulutlarca teşekkür ve minnet ulaşsın ona bu satırlardan! Bana verdiği her şey için, geçmişte bıraktığım geçmişim, barıştığım bedenim ve inandığım hayallerim için...

Bana, hayallerine nasıl ulaştığını anlattığı geceye selam olsun, o gecenin ardından gördüğüm güneşe! "Sana borcumu nasıl ödeyeceğimi bilmiyorum" dediğimde "vefa borcu, beklenen biçimde davranarak ödenir" demişti. Beklediği biçimde davranma irademe selam olsun!

Okuyacaksın bu satırları, uzağına düşmedim hiç, elin hep üstümde. Ama yine de sana olan hislerim not düşülsün istedim yazılı tarihe. Sen benim bulut ardı güneşimsin...

Dünyanın Yaraları

Kim bilir belki de ters yüz olunca dünya, siz deli sayılırsınız, ben akıllı, olur ya...

Dünyanın yaralarını kim saracak? Hepimiz deliliğe vurursak işi, bunu kim yapacak? Akıllı geçinenlerin vicdanı ve taşın altına girecek elleri yoksa ve olmayacaksa, insan başını yastığına nasıl rahat koyacak?

En iyi haliyle 805 milyonu aç geziyor dünyanın. Her yıl 3,5 milyon kişi, su kaynaklı hastalıklardan dolayı hayatını kaybediyor. Dünyada her gün 4.900, her yıl ise toplam 1,8 milyon çocuk kirli sulardan ve sağlıksız koşullardan kaynaklanan hastalıklar yüzünden ölüyor, büyüyemeden.

Onların fotoğrafları, aile albümlerinde değil, bilmem ne derneklerinin, vakıflarının, konseylerinin, güçlerinin, şevklerinin komisyonlarının bültenlerinde. Onları belgesellerde ya da ana haberlerde tanıyoruz. Tanımıyoruz aslında. Yüzeysel bir acıma duygusuna teslim olup sonra birer içki alıyoruz akşamüstü, hiçbir şey görmemiş gibi. Onları biz tüketiyoruz.

Kemikleri sayılan çocukların, dünyanın yükünü taşıyormuş gibi duran şişik ve hastalıklı karınları, kollarında derman bulup da kovalayamadıkları sinekler, çatlamış dudakları, minimal bir sergi duvarına yakışıyor bizim nazarımızda. Koştura koştura gidiyoruz görmeye, görmeye ve halimize şükretmeye. Her şeyi kendimiz için yapıyoruz.

Kuzeydoğu Afrika'da bulunan Eritre'den haberiniz var mı mesela, hiç duydunuz mu, tatil planlarınız arasında geçti mi? Batı Afrika'daki Liberya'nın kulağınıza bir yerden çalındığından eminsiniz ama nereden? Demokrotik Kongo Cumhuriyeti eski adıyla Zaire, en son Tosun Paşa filminde gülümsetmiştir heralde. Orta Afrika'da resmen isimsiz bir ülke Burundi ve birinci sırada ise Orta Afrika Cumhuriyeti. Dünyanın en yoksul ülkelerinden haberiniz yok sizin, değil mi? Bayrakları nedir, neyle yönetilirler, ekmek bulamayınca ne yerler mesela, mermi mi, siz bilmezsiniz. Çoğunda petrol olduğunu mesela, en güzel sahil şeritlerine olan yakınlıklarını, insanların gözlerindeki ölüm yakınlığını.... Çoğunuz bilmezsiniz.

Dünyayı kurtarmaktan anladığınız; üzerinizde alüminyum folyo gibi giysiler, elinizde tuhaf silahlarla dev bir yaratığa karşı savaştığınızı hayal etmektir heralde. Ve üstelik o dev yaratığı eninde sonunda yenersiniz. Hepi topu 1.70 boyundaki siz, o küçücük akıllarınızla ve hiçe dönüşmüş kalplerinizle dünyayı kurtarırsınız.

Tatil hayallerinizi süsleyen Avrupa, medeniyet diye yırtarken bir tarafını, bir yetim gibi boynu bükük duran bu ülkeleri sömürüyor yüzyıllardır. Ama siz bununla alakadar olmazsınız. Bazı çocuklar yoksulluğa doğuyor, savaşa, kana, açlığa, kaosa doğuyor. Ama siz onlar yara aldıkça kanamazsınız.

Netice mi? Ben deli çıktım, siz akıllısınız.

Dünyadan ve insandan bihaberliğinize akıl diyorlar, vicdansızlığınıza, vurdumduymazlığınıza, kaygısızlığınıza ve suskunluğunuza akıl diyorlar. Dünya aç, insan zalim, dünya yoksul, insan doyumsuz, dünya yalnız insan kalabalık. Ama inanır mısınız siz akıllısınız!

Size sitem etmek istedim ama küskün değilim. Ben de geçtim sizin zavallılığınızdan. Ben de bir zamanlar hiçtim.

Yola çıkmak üzereyim şimdi, uzak ülkelere doğru. Aç, susuz, ilaçsız ve umutsuz insanlara doğru. Kendimi götürüyorum onlara. Yanlarında olan kendimi. Onları anlayan kendimi. Sizdeki aklı, başıma istemeyen kendimi. Deliliğimi...

Kim bilir belki de ters yüz olunca dünya, siz deli sayılırsınız, ben akıllı, olur ya...

Özür Dilerim

"Kadın, yerini bilmelidir" derdi babam. Yerimiz, erkeğimizin en az bir adım arkasında mı başının üstünde miydi ona göre, bilemezdim

Çok pişmanım. Sana yaptığım ve yapmadığım her şey için. Yeniden yaşama şansım olsaydı kendimi başka bir insan yapardım ve senin olduğun kişiye tapardım. Ama yok. Şansım yok. Zamanı geri alma, seni geri alma şansım yok. Başka bir hayatın var şimdi, umutların, sığındıkların, sarıldıkların var. İnandıkların var senin, hep vardı, bugün de var. Benim aksime sen insana meyillisin. Benim aksime anlamaya şartlısın. Benim aksime sabırla yüklüsün. Keşke senin için senin gibi olabilseydim. Özür dilerim.

"Kadın, yerini bilmelidir" derdi babam. Yerimiz, erkeğimizin en az bir adım arkasında mı başının üstünde miydi ona göre, bilemezdim. Bilirdim ki babama tuhaf biçimde düşkündüm, göremezdim.

Ama babamın annemi haftada en az 4 akşam dövdüğünü, kar kış demeden küfür kıyamet kapının önüne koyduğunu düşünürsek babamın başının üstünde değildi annem. Ben zulüm gören annemi değil, zulmeden babamı severdim. Annemi sevmeyen ama bizi seven babamı. Annemi kıskandırmaya çalıştığımı bile hatırlarım, annem gittiği yerden beni duyuyorsa bağışlasın. Babamı öldüğü güne dek sevdim. Ama sonra nefret ettim ondan. 19'umdan gün alıyordum, babamdansa pişmanlıklarla dolu bir ömür. Anneme ihanet etmiş, hak etmeyen babamı sınırsızca sevmiştim. Çok değiştim. Bir kez bile gitmedim mezarına, gömdükten sonra. Bir kez bile el açmadım onun için, hiçbir duama almadım onu. Annemi düşündüm ve her gece pişmanlıkla girdim yatağıma. Ciğerleri iflas etmiş annem için kendimi suçladım, iyi bir evlat olamamak şöyle dursun, hain bir evlat olan kendimi. Ve sanırım ben kontrolsüzce güçlü olmayı işte o zaman öğrendim. Aşırılığı ve intikamı. Keşke sana o halimle denk gelmeseydim...

Olanca sevgine ve anlayışına rağmen binlerce kötü söz söyledim sana. Tahammülünü zayıflık, desteğini acıma sandım. İşini beğenmedim, aşına burun kıvırdım, içini tanımadım, dışına bilendim. Ah! Ben ne "çok bilen'dim!" Sana güleryüzle hazırladığım bir kahvaltı yok, biliyorum. Ya da bir bitki çayı burnun tıkandığında. Sana uzun süren bir yolculuktan sonra "şimdiden özledim" demişliğim yok, utanıyorum. Oysa özlemişim.

Özür dilediğinde sahtekâr, sitem ettiğinde alıngan, umut ettiğinde hayalperest ilan ettim seni hep. Fikrimi almak istediğinde hep keyfimi beklettim. Gurur duymadım seninle hiç, başkalarının aksine. Yalnızca benden takdir görmedin belki. Belki de diğer takdirlere bu yüzden içerledin. "Eşiniz çok şanslı" demişti müdürün sana bir yemekte, bense sessiz kalmayı, başımı usulca eğmeyi dahi başaramayıp yapıştırmıştım yanıtı "şanstan ne anladığınıza bağlı." Ben şanstan hiçbir şey anlamıyormuşum sevgilim...

Nedensiz kavgalarımda, sarılmalarına yanıt vermeyen bana karşı, üzerine paltonu alır almaz sokakta bulurdun kendini en soğuk gecelerde bile. Sakinleşmemi beklerken üşürdün sokaklarda, eve titreyerek ama gözümün içine sıcacık bakarak dönerdin yine. Bir keresinde şey demiştin, hiç unutmam "seni kırarsam tamiri imkansız gelir gözüme, o duyguyla başa çıkamam." Pasif ve kişiliksiz olduğunu bağırmıştım avaz avaz. Kavga edecek yüreğin olmadığını. O zamanlar kavga edecek yüreğin herkeste olduğunu, sevecek ve hoş görecek yüreğinse bizim evde yalnızca sende olduğunu bilmiyordum ama. Keşke bilseydim zamanında.... Şimdi çok geç.

Çocuk istediğinde düzeleceğime inanıyordun,

okuyordum gözlerinde. Hırçınlığımın, öfkemin dineceğine inanıyordun ve bir gün bile söylemedin bunu bana. "Annelik sana çok yakışacak, çok şanslı bir çocuk olacak bizim çocuğumuz" demiştin. O an üstünde durmamış ve bir gaza getirme çalışmasının klasik cümlesi saymıştım. Çocuk da istememiştim zaten. Doğurmadığım o çocuk, ne şanslı bir bilsen... Annelik, kalbini benim gibi hırsla doldurmuş ve yakaladığı sevginin değerini bir an bile bilemeyip onu daima sömürmüş kimseye yakışmaz. Ama babalık senin için biçilmiş kaftan. Babamın babalığı yerine senin babalığını görmek isterdim....

Yaptığın hiçbir sürprizi boynuna atlayarak kutlamadım. Hatta içten içe çok sevindiklerimi bile. Hiçbir tatilinde gördüğümden memnun olmadım, seni iyi bir seçim yaptığın konusunda kutlamadım hiç. Ve tabi ki birlikte hayata geçireceğimiz hiçbir şey için tek bir plan yapmadım. Basit bir nikâhla evlenmek istemiştim, az insanın davetli olduğu ve saçma sapan insanları şapur şupur öpmek zorunda kalmayacağım. Yalnızca gelinliğimi seçerken insana benzemiştim. Gözlerimin içinin gülmesini o kadar da istemiyordum ama gülüyordu işte. Gözlerin dolmuştu beni gördüğün ilk an, anımsıyorum. O gün söylemiş miydim bilmiyorum ve hatta sanmıyorum ama gördüğüm en yakışıklı damattın. Yakanda, gelin buketimden bir naif çiçek, yüzünde tanımsız bir aydınlık ve elimden tutan elinde gizlenemeyen bir titreme.... Çok özeldin.

Dikkat ettin mi; çok geç fark ediyorum her şeyi. Beni hayalkırıklığına ve pişmanlığıma gömen babamı da toprağın altına bıraktıktan sonra tanımam gibi. Seni de yaşarken öldürmek gibi affedilmez bir hata yaptım. Çok pişmanım. Son raddeye kadar dayandığını biliyorum. Elinden gelenin fazlasını insanüstü bir biçimde yaptığını da. Güzel bir küçük söz duymak üzere, son defa şansını deneyip söylediğin o basit cümlenin bir ayrılığı amaçlamadığını da. "Tek başıma mücadele edemiyorum artık, senin de istemen sevmen çabalaman gerekiyor" demiştin. Bense yine katıdan da katıydım; "bundan sonra çabalama öyleyse, sen yoluna, ben yoluma!"

Tek başına değilsin demedim, ben varım demedim, seviyorum demedim, istiyorum demedim. Kendimi yenemedim, dinleyemedim iç sesimi, bunu yapmak istemedim. Hırçın, öfkeli, güçlü, aksi ve zor kalmak istedim. Ancak böyle hayatta kalabilirim sandım, yanıldım. Basit bir ölüm de seçebilirdim kendime ama ben böyle biri olmayı kendime silah seçtim. Kendimi dayadım kafama ve kendim tetiğe bastım.

Umarım, hak ettiğinden de çok sevilirsin ki böylesi gerçekten nasıl olur bilmiyorum. Biri birini senin hak ettiğinden fazla nasıl sever ki, aklım almıyor... Umarım yüzüne bakamayacak olsam da beni bağışlarsın. Belki de hissederim anlarım bilmiyorum. Hatta işin kötüsü ne biliyor musun, beni bağışladığından eminim. Sen öyle birisin. Hep güzeldin... Güzel olmaktan vazgeçemezsin.

Özür dilerim.

Düş tanelerim

Sizi, hayallerinizden öpüyorum.

Derin'im ve Kuzey'im, benim düş tanelerim,

Yaşam ne kadar kıymetli, sıkça düşünüyorum. Aşk ne kadar kıymetli, sevdiklerim ne kadar vazgeçilmez, düşünüyorum. Bir kızgınlık anında, bir kırgınlık halinde ya da en olmadı, sebepsizce düşünüyorum tüm bunları. Şüphe ettiğim, umutsuzluğa kapıldığım, hatta bıktığım oluyor her şeyden bir anlığına dahi olsa. Yalnız siz kuşku doldurmuyorsunuz içime, yalnız siz umudumun hududunu geçmiyorsunuz, yalnız siz gitmiyorsunuz uzağıma. Kendi kokum kadar içimdesiniz, organlarım kadar, huylarım, kanım, canım ve inancım kadar. Gözleriniz, bu satırlara değdiğinde, bugün ve yıllar sonra, kendinizi benim kadar sevin istiyorum. Kendinizle benim kadar gurur duyun ve daima insan kalın istiyorum, benim eşsiz çocuklarım, insanı anlayın istiyorum.

Altı milyardan fazla nüfusuyla dünya kalabalık bir yer. Ve göreceksiniz ki kötülük de insanların tümüne yetecek kadar fazla. Ama iyiliği tanırsanız ve ona hizmet etmek isterseniz anlayacaksınız ki iyilik de şakaya gelmez, onun yüzü suyu hürmetine dönüyor dünya. Size onu bırakmak istiyorum. Sizi, bir mucize zerre iken, hayat veren Yaradan'ın, iyilikle buluşmanız için beni vesile kılmasını istiyorum. Kalbinize kötü tohumlar ekmeniz kolay, insanı sıkıp suyunu çıkarmanız, sepetteki yengeçler gibi birbirinizi yemeniz kolay bu dünyada. Kolayı seçmeden, insandan geçmeden ve yıkılıp göçmeden yaşamanızı istiyorum.

Kusursuz insanlar çıkmayacak karşınıza hataları olacak sevdiklerinizin. Onları hatalarıyla sevin istiyorum, hatalarıyla severken hatalarından sıyrılmaları için yüreklendirin onları. Karşılaştığınız insanları dinlemek kolay, anlamak zor, anlayın istiyorum. Kulaklarınız, sesi emen ama anlamı dışlayan birer organ olmasın asla. İnsanı, insanlıkla kucaklayın.

Yardıma muhtaç birine muhtaç olduğunuzu düşünecek misiniz acaba hiç? Onun size uzattığı elde ve paylaşmak için açtığı kalpte kendinizi bulabileceğinizi ve bir anlam kazanabileceğinizi düşünecek misiniz? Umarım düşünürsünüz ruhumun zerreleri. Çünkü siz, sizin şansınıza sahip olmayanlarla şansınızı paylaştıkça büyüyeceksiniz. Dünyanın da derdin de bugün size yarın onlara, bugün onlara yarın size olduğunu bilecek misiniz? Umarım bilirsiniz canımın pareleri. Çünkü siz, kibre kapılmadıkça ve insanın insan olduğunu unutmadıkça yüzümü güldüreceksiniz.

İyi okullarda okutabiliriz sizi, babanız ve ben tüm ihtiyaçlarınızı karşılayabiliriz, imkanımız oldukça ve hatta size imkânlar yaratmak için paralayabiliriz kendimizi. Ama özün sizde olduğunu biliriz yine de. Asıl cevherin kalbiniz olduğunu biliriz, vicdanınız ve merhametiniz olduğunu. Size verdiğimiz her imkânın, içinizin güzelliğiyle taçlanacağını biliriz. Yerine ancak ve ancak öyle varacağını...

Fikri hür, irfanı hür,vicdanı hür, aklı gür insanlar olun, olur mu? İnanmadığınız taşın, kaldıramayacağınız yaşın üstüne çıkmayın. Çalmayın kimsenin hakkını. Hor görmeyin ve kınamayın hiçbir insanı. Seçin, sevdiklerinizi, yan yana yürüyebileceklerinizi, inandıklarınızı ve kâr saydıklarınızı seçin hayatınıza. Ama kalanını atmayın çöpe, kimsenin sebebi olmayın. Yaşanmışlıkları yüzünden gömmeyin kimseyi canlı canlı. Çocuklarım, öğüt dinlemek sabır işi, sıkılırsanız kızmayın. Ama dünyayı anlatmak istiyorum size, elimde değil. Anneniz gülümseyerek anımsayın.

Yüzlerce bebek doğdu elime, bazen sizden çalıp onlara verdim zamanı. Bazen size geciktim, onlara yetişmek için. Çok dert dinledim ve tanıklık ettim yüzlerce hayata. Çok şey öğrendim ama, değdi çabama. Çocuklarım, ne öğrendiysem sizin için öğrendim. Bilin ki başlı başına birer miras anne ve baba, bilin ki boşuna değil hiçbir şey. Bilin ki yanlışlarıyla güzel dünya! Siz, içimde dört mevsim çiçeğe duran düşsel bir dünya... Tüm gerçekliğine rağmen...

Kızım, oğlum... Ben sizinle doğdum! Doğduğuma, yaşadığıma, tanıklık ettiğime, anlattığıma, dinlediğime, durduğuma, koştuğuma, sustuğuma, konuştuğuma şükürler olsun! Adımlarınıza, sözcüklerinize, güldüklerinize ve ağladıklarınıza şükürler olsun Ve sizi bize bağışlayan YARADANIMIZA... binlerce kez şükürler olsun!

Siz benim düş tanelerim, gerçeğe her şeyden fazla yaraşan... Dilerim dünya sizin için hayal ettiğim gibi olsun, hayal ettiğiniz gibi olsun ya da...

Sizi, hayallerinizden öpüyorum.